Michael Rusch

Die Drei Freunde

Michael Rusch

Die Drei Freunde

Roman nach einer wahren Begebenheit

Bibliografische Information der Deutschen Nationalbibliothek: Die Deutsche Nationalbibliothek verzeichnet diese Publikation in der Deutschen Nationalbibliografie; detaillierte bibliografische Daten sind im Internet über dnb.dnb.de abrufbar.

© 2022 Michael Rusch
3. Auflage
Covergestaltung: Michael Rusch
Coverbild: Michael Rusch
Printed in Germany
ISBN: 9783749481897
Herstellung und Verlag: BoD – Books on Demand, Norderstedt

Die Handlung dieses Buches beruht auf wahren Begebenheiten. Alle Personen und Namen sind frei erfunden. Ähnlichkeiten mit lebenden Personen sind zufällig und nicht beabsichtigt.

Für meine Schwester Christel,

die Liebe und Güte in Person

Der Autor

Michael Rusch, 1959 in Rostock geboren, ist von Beruf Rettungsassistent und lebte von 2013 bis 2017 in Hamburg,  wo die ersten Bände der Fantasy-Reihe Die Legende von Wasgo entstanden. Seitdem lebt er in Lutterbek, in der Nähe der Stadt Kiel. Nachdem er zwischenzeitlich das Schreiben aufgegeben hatte, stellte er fest, dass es beim Verarbeiten von Schicksalsschlägen hilft. So entstand Ein falsches Leben, das zunächst im Selfmade-Verlag Lulu veröffentlicht wurde.

Danach wandte sich Rusch der Fantasy zu. Die ewige Nacht aus der Reihe Die Legende von Wasgo erschien im Januar 2014. Schon im September 2014 folgte der 2. Band mit dem Titel Luzifers Krieg. Es folgten am 1. Dezember 2015 und am 1. Januar 2017 die Bände 3 und 4 mit den Titeln Angriff aus dem Himmel und Bossus' Rache. Der letzte Band Wasgos Großvater erschien am 01.03.2018.

Nachdem Rusch Ein falsches Leben überarbeitet hatte, veröffentlichte er diesen Roman in zwei Bänden nochmals im Juli 2014 mit dem AAVAA Verlag.

Am 28. Februar 2015 veröffentlichte Rusch seinen Roman Die drei Freunde in seinem Verlag Die Blindschleiche. Im Sommer 2019 entschloss er sich aus gesundheitlichen Gründen den Verlag aufzulösen und diesen Roman zu überarbeiten, den er mit BoD im Jahr 2020 neu veröffentlichte.

Auch Die Legende von Wasgo und Ein falsches Leben überarbeitete Rusch nochmals. Die Legende von Wasgo erschien in 2 Bänden mit BoD. Band 1 wurde am 1.01.2020 veröffentlicht und enthält die ersten drei und Band 2 die beiden letzten der ehemaligen 5 Bände. Ein falsches Leben erschien in einem Band unter dem neuen Titel Das Leben des Andreas Schneider ebenso im Jahr 2020.

Seinen ersten Horror-Roman Das Hochhaus veröffentlichte Rusch im Dezember 2020 und seinen dystopischen Roman Der Wegbereiter im Juli 2021. Zurzeit arbeitet Rusch am 2. Band seines Romans Das Hochhaus.

Inhalt

Die drei Freunde...11

Im Flussbad 23

Probleme...41

Die Eltern...45

Die Klassenfahrt 77

Rauchen im Wald 93

Aufregungen 109

Ungerechte Härte 119

Die Lehrerin und das Jugendamt................................127

Enttäuschungen 149

Familiengespräche...161

Die Klassenfahrt 163

Verzweifelt 183

Probleme..197

Nachwort..215

Die drei Freunde

In diesem Roman erzähle ich eine wahre Geschichte, von der mir berichtet wurde und wie ich sie rekonstruieren konnte. Es ist die Geschichte dreier Freunde, die in einer Kleinstadt in Mecklenburg-Vorpommern lebten.

Frank empfand die Adventszeit als eine der schönsten Zeiten des Jahres. Er machte sich Gedanken darüber, was er seiner Mutter zum Weihnachtsfest schenken konnte, doch waren seine finanziellen Mittel sehr begrenzt. Die Vorfreude auf Weihnachten, darauf, dass sämtliche Geschäfte und das Kaufhaus der Kleinstadt festlich geschmückt wurden, versetzte den Jungen in Freude und machte ihn glücklich.

Frank war ein liebenswerter Junge, und wie alle Kinder in seinem Alter manchmal etwas vorlaut und frech. Dann musste er von seiner Mutter oder den Lehrern ermahnt werden, keine Dummheiten zu machen. Aber er kannte seine Grenzen und hielt sie meist ein.

Er war in der Stadt unterwegs, um für seine Mutter ein Weihnachtsgeschenk zu besorgen. Ratlos stand er vor einem Kosmetikgeschäft und überlegte, ob er hineingehen sollte. Schließlich betrat er den Laden und suchte etwas, womit er seine Mutter am Heiligen Tag überraschen konnte. Resigniert gab er auf, weil alle Artikel, die ihn interessierten, zu teuer für ihn waren. Plötzlich sah er in einem Regal in einer Ecke versteckt ein seltenes und teures Parfüm, das seine Augen zum Leuchten brachte. Der Junge wusste, dass die Mutter es gerne benutzte. Mit welchem Geld sollte er das Parfüm bezahlen? „Schade", dachte er, „das wäre für Mama das richtige Geschenk."

Er wendete sich von dem Regal ab, um sich durch die Menschenmenge einen Weg zur Straße zu bahnen. Plötzlich vernahm er das Geräusch von sich schnell nähernden Schritten. Ein Mann rief: „Haltet ihn auf."

Neugierig sah sich Frank um, erkannte aber nichts. Er machte einen Schritt nach vorne, prallte gegen jemand und wurde umgerissen. Instinktiv riss er seine Arme hoch und griff nach etwas, wovon er sich Halt versprach. Trotzdem stürzte er und brachte dabei einen jungen Mann zu Fall, über den schnell ein anderer sprang. Der Junge rappelte sich auf und entschuldigte sich wortreich.

„Das hast du aber gut gemacht, mein Junge", vernahm Frank die Worte eines Mannes, der sich über den anderen beugte. Dabei half er ihm auf die Füße. Der Detektiv des Kosmetikladens nahm einen Jugendlichen fest, der etwas gestohlen hatte. Das begriff Frank in diesem Moment. Der Detektiv erkundigte sich nach Franks Befinden.

„Es ist alles in Ordnung", antwortete der Junge und rieb sich den rechten Arm, der ihm etwas wehtat.

Der Kaufhausdetektiv sah Franks schmerzverzerrte Gesicht. Freundlich sagte er: „Du kommst am besten mit in mein Büro!" Zu dem auf frischer Tat ertappten Ladendieb, den er eisern festhielt, sprach er: „Und du kommst auch mit, mit dir wird sich die Polizei beschäftigen."

Im Büro des Mannes musste der Dieb sich auf einen harten Stuhl setzen. Weglaufen konnte der Sünder nicht. Mit hängendem Kopf kauerte er auf seinem Stuhl.

Frank wurde aufgefordert, sich seine Winterjacke auszuziehen. Er gehorchte und wurde vom Detektiv gelobt: „Du bist aber mutig, mein Junge, hast dich so einfach dem flüchtenden Kerl in den Weg gestellt. Das war großartig!"

Frank wollte dem Mann erzählen, dass er sich irrte und es ein dummer Zufall war. Doch zu Wort kam er nicht.

„Nun sei mal nicht so bescheiden, ein Junge in deinem Alter, das war schon allerhand von dir. Ich muss schon sagen, nicht jeder Junge hätte so viel Mut gezeigt und sich einem Ladendieb in den Weg gestellt, dass der hinfällt und nicht weglaufen kann. Aber nun zeige mir erst mal deinen Arm." Der Detektiv untersuchte ihn, fragte, ob es ihm gut gehe, prüfte, ob Frank seinen Arm bewegen konnte und streichelte ihm danach über seinen Haarschopf. „Du bist in Ordnung, dein Arm ist nur geprellt, der Schmerz wird bald vergehen."

Danach griff der Mann zum Telefon und beendete das Gespräch nach wenigen Worten. Frank hörte ihm dabei nicht zu, schließlich durfte man das nicht. Dafür sah sich im Büro um. Darin stand nichts, was einen Neunjährigen interessieren könnte.

Frank wollte das Geschäft verlassen, doch der Detektiv sagte: „Du solltest noch etwas bleiben. Der Chef kommt gleich und wird sich bei dir bedanken."

Einige Augenblicke später erschien der Geschäftsinhaber. Der Detektiv erzählte diesem, was vorgefallen war. Wieder konnte Frank den Irrtum nicht aufklären, denn wenn sich Erwachsene unterhielten, durften Kinder nicht dazwischenreden. Endlich sprach der Chef des Ladens ihn an und wollte von ihm wissen: „Womit könnte ich dich belohnen. Schließlich hast du verhindert, dass meinem Geschäft ein großer Schaden entstand. Du warst sehr mutig, als du den Kerl zu Fall brachtest."

Endlich konnte der Junge die Wahrheit erzählen, aufgeregt sprudelten die Worte aus ihm heraus: „Aber ich habe mich ihm doch gar nicht in den Weg gestellt. Ich habe nur den Lärm gehört und wollte sehen, was los war. Deshalb bin ich weiter nach vorne gegangen und schon war es passiert. Es ging alles so schnell. Es war nur ein Zufall, dass ich im Weg stand."

„Ist schon gut, mein Junge. Du bist wenigstens ehrlich. Trotzdem hast du einen entscheidenden Anteil daran, dass der Dieb gestellt werden konnte. Du hast dir eine Belohnung verdient. Sage mir, was wünschst du dir."

Der Junge druckste herum, er traute sich nicht, seinen Wunsch auszusprechen. Der Ladeninhaber sah ihm das an. „Na, komm schon, trau dich. Was möchtest du gerne haben?" Freundlich lächelte er Frank an.

Mit gesenktem Kopf stand der Junge vor dem Mann. Mit leiser Stimme sagte er. „Das geht nicht. Das ist viel zu teuer."

Der Mann ging in die Knie, um mit Frank auf Augenhöhe zu sein, und lächelte. „Das, mein Junge, lass mal meine Sorge sein! Sage mir einfach, was du möchtest."

„Da hinten im Regal steht ein Parfüm, das meiner Mama bestimmt gefällt. Aber ich habe nicht so viel Geld, dass ich es kaufen kann. Aber das können Sie mir nicht als Belohnung schenken, das ist viel zu teuer!"

„Komm mit und zeige es mir", forderte der Mann Frank auf. Er legte ihm einen Arm um die Schulter und stupste ihn vorwärts. Der Junge führte ihn zum Regal mit dem Parfüm und zeigte es ihm.

Der Ladenbesitzer nahm es aus dem Regal heraus und betrachtete es von allen Seiten. Dabei machte er ein nachdenkliches Gesicht. Frank beobachtete ihn gespannt, aber er konnte nicht erkennen, was der Mann dachte.

Ob er ihm das Parfüm für seine Mama schenkte? Die Zeit, so erschien es Frank, verging endlos. Doch geduldig wartete er, bis sich der Geschäftsinhaber entschieden hatte.

„Dieses Parfüm willst du haben?", fragte der.

Aufgeregt nickte der Junge. „Wenn ich es haben darf."

„Was würdest du dafür tun?"

14

„Ich gebe Ihnen mein ganzes Geld, nur wird das nicht reichen. Den Rest will ich gerne abarbeiten!", sprudelte das Kind schnell hervor. Große Hoffnung lag in seinem Gesichtsausdruck und seine Augen leuchteten wie strahlende Sterne.

Der Leiter des Ladens entschied, Franks Wunsch zu erfüllen. Er legte ihm seinen Arm um die Schulter und sagte: „Dann wollen wir das Parfüm als Geschenk verpacken und du nimmst es deiner Mama mit."

„Und das Geld? Wann soll ich arbeiten kommen?"

„Das Geld behältst du und arbeiten musst du auch nicht. Das schenke ich dir, du hast es dir redlich verdient", erwiderte der Mann.

Als Frank das hörte, sprang er in die Höhe und stieß einen Freudenschrei aus. Er strahlte über das ganze Gesicht.

Der Leiter des Ladens sah ihm lächelnd hinterher, als er mit dem dekorativ eingepackten Parfüm das Geschäft verließ.

Voller Vorfreude dachte das Kind daran, wie sehr sich die Mutter über dieses Geschenk freuen werde. Das Lächeln, das sein Gesicht erstrahlen ließ, verschwand erst, als Frank zu Hause war und das Päckchen an einem sicheren Ort in seinem Zimmer versteckte. Frank konnte es kaum erwarten, dass der Heilige Tag kam und er seiner Mama endlich sein Geschenk überreichen konnte.

*****

Heute war Frank vierzehn Jahre alt, sein Bruder Ralf drei Jahre älter. Sie wuchsen ohne Vater auf, der starb, als sie noch kleine Kinder waren.

Als Frank zehn Jahre alt war, kam die Mutter mit Erwin Wolf nach Hause. „Das ist Onkel Erwin." Mit verliebten Augen sah sie ihm lächelnd ins Gesicht. „Onkel Erwin und ich …, na, ja, wir lieben uns und er wird ab jetzt bei uns wohnen. Ich wünsche mir, dass ihr euch mit Onkel Erwin gut vertragt. Er wird sich genauso um euch kümmern, wie ich."

Artig begrüßten die Brüder den Mann und versprachen, lieb zu dem neuen Familienmitglied zu sein. Frank freute sich, dass die Mutter einen Mann und er endlich wieder einen Vater hatte, so, wie es in einer richtigen Familie üblich ist. Er sprach aus, was er dachte. „Dann bist du jetzt unser Vater und ich kann auch über meinen Vater reden, wenn ich mit meinen Freunden zusammen bin und sie von ihren Vätern erzählen. Onkel Erwin, darf ich dich auch Papa nennen?"

Erwin Wolf sah die Kinder freundlich an. „Wenn ihr es wollt, dürft ihr auch Papa zu mir sagen. Warum soll ich nicht zwei Söhne haben?"

Frank freute sich ehrlichen Herzens, aber Ralf teilte die Freude seines Bruders nicht. Er stand dem Mann, der sein Vater sein wollte, skeptisch und mit gemischten Gefühlen gegenüber. Es gefiel ihm nicht, wie der Mann sie anschaute und lächelte. Er glaubte, dass dieses Lächeln nicht echt war, er registrierte, dass Wolfs Augen sein Lächeln nicht widerspiegelten. Wolf blickte ernst und mit einer gewissen Härte die Jungen an. Ralf konnte es sich nicht erklären, wie er plötzlich auf den Gedanken kam, der sich wie ein Blitz in seinem Kopf festsetzte: „Wie der Wolf im Schafsfell!"

Ralf war ein guter Beobachter, Frank dagegen ein freundlicher, leichtgläubiger Junge. Er erkannte nichts Falsches an dem Mann, der in Zukunft mit ihm und seinem Bruder zusammenwohnen sollte.

*****

Der zweite der Freunde war Falko. Falko war ein normaler Junge mit einer regen Fantasie. Er war wissbegierig und hatte so viele Fragen im Kopf, die ihm nicht immer von den Erwachsenen beantwortet werden konnten. Ständig suchte er nach Erklärungen für Probleme, die ihn beschäftigten. Manchmal gab er sich die Antworten selbst, indem er seine Fragen mit Versuchen beantwortete, die er durchführte. Doch das ging manchmal zulasten der mütterlichen Geldbörse. Den Höhepunkt seines Wirkens hatte er erreicht, als er zu Hause in der Küche mit seinem Chemiebaukasten einige Experimente durchführte.

Er mischte verschiedene Chemikalien zusammen und erhitzte diese über der Flamme einer kleinen Öllampe. Aber in seiner Unkenntnis über chemische Gesetze übersah er etwas.

Er glaubte, dass Chemie das ist, was knallt und stinkt, und Physik nie gelingt. Es knallte in der Küche tatsächlich und es stank fürchterlich, noch drei Tage später.

Bei diesem Vorfall lernte er, dass in der Chemie nicht alles gelingt. Als er mit rotem Gesicht, mit vielen schwarzen Rußflecken übersät und löchrigem T-Shirt vor seiner Mutter erschien, konnte diese vor Schreck nicht mit ihm sprechen.

Sie sah ihren Sohn kopfschüttelnd an und danach inspizierte sie mit ihm gemeinsam den Unglücksort. Mit seiner Mutter hatte Falko es nicht immer leicht, denn sie war eine sehr strenge Frau. Doch jetzt entschied sie mit Recht, dass die Küche einen frischen Farbanstrich bekommen musste. Der Unglücksjunge glaubte, dass er genug bestraft worden sei, weil er einen riesengroßen Schrecken bekam, als seine Chemikalien explodierten. Außerdem erlitt er körperliche Schmerzen, weil plötzlich etwas durch die Luft flog und sein Gesicht heiß und schmerzhaft traf. Die Spuren davon sah er noch mehrere Tage danach, wenn er sein Gesicht in einem Spiegel betrachtete.

Doch jetzt musste er die Küche renovieren. Seine Freunde Jörg und Frank boten ihm ihre Hilfe an, als Falko ihnen erzählte, was ihm widerfahren war.

Aber wie es oft bei Kindern der Fall ist, wenn sie Arbeiten erledigen, die von einem Erwachsenen ausgeführt werden sollten, ist das Ergebnis ihres Fleißes oft nicht zu gebrauchen. Als Falko mit seinen Freunden die Küche renovierte, gelangte die Wandfarbe nicht immer an die Wände, sondern überwiegend auf den Fußboden. So sah die Küche der Frau Blechschmidt aus, nach dem die drei Freunde sie gestrichen hatten.

Frau Blechschmidt, seine Mutter, glaubte, ihr Erziehungsziel an ihrem Sohn erreicht zu haben. In Zukunft sollte Falko mit seinem Chemiebaukasten vorsichtiger umgehen.

*****

Falko war ein ruhiger und kluger Junge, dem das Lernen in der Schule nicht schwerfiel. Es reichte aus, dass er im Unterricht gut aufpasste und mitarbeitete, um sich das nötige Schulwissen anzueignen.

Seine schulische Laufbahn setzte er an einem Gymnasium fort. Sein Interesse gehörte den Naturwissenschaften, insbesondere hatten es ihm die Mathematik und Astronomie angetan. Nach dem Abitur wollte er an einer der Universitäten in Rostock, Stralsund oder Greifswald Physik studieren. Dieser Berufswunsch wurde in ihm immer mächtiger, den er seinen Eltern und Freunden bereits in seinem zwölften Lebensjahr das erste Mal mitteilte. Er war ein Einzelkind und hatte zu seinem Vater ein sehr gutes Verhältnis. Die Eltern waren geschieden und der Vater wohnte und arbeitete in Berlin.

Falko war Franks und Jörgs bester Freund und ebenso vierzehn Jahre alt wie sie.

*****

Der dritte der drei Freunde hieß Jörg. Er lebte in geordneten Verhältnissen. Seine Eltern liebten ihn über alles und sorgten stets dafür, dass es ihm gut ging.

Als er ein kleiner Junge war, tobte der Vater oft mit ihm und manchmal nahm er ihn auf seinen Schoß und sie kuschelten miteinander. Die Mutter spielte bei schönem Wetter mit ihm im Sandkasten, wenn es regnete, bauten sie gemeinsam auf dem Fußboden des Wohnzimmers aus Legosteinen Häuser und Türmchen. Außerdem ging die Mutter bei jedem Wetter jeden Tag mit ihrem Sohn spazieren. Bei Regen, Schnee oder Kälte wurde Jörg wetterfest angezogen und ab ging es an die frische Luft.

Wenn der Junge ein Problem hatte, oder Antworten suchte auf Dinge, die ihn beschäftigten, waren seine Eltern für ihn da. Sie taten alles für ihn, um ihm Liebe und Geborgenheit zu geben.

Je älter er wurde, desto größer wurden seine Sorgen, aber seine häuslichen Verhältnisse änderten sich nicht. Jörg fand in seiner Mutter und seinem Vater stets kompetente und liebevolle Ansprechpartner.

Er war ein unruhiges, aber hyperaktives Kind. Schon als kleiner Junge fiel es ihm schwer still zu sitzen. Ständig musste er etwas zu tun haben. In der Schule rutschte er viel auf seinem Stuhl hin und her. Damit lenkte er die neben ihm sitzenden Schüler vom Unterricht ab. Deshalb forderten die Lehrer ihn oft in einem gutmütigen Ton auf, still zu sitzen. Herr Anders, sein Klassenlehrer, ein freundlicher älterer Herr, hatte ihm sogar scherzhaft angedroht, ihn mit

Sekundenkleber auf seinem Stuhl festzukleben. Darüber hatte Jörg mit seinen Klassenkameraden gelacht.

Jörg war ein intelligenter und gut erzogener Junge, litt aber an dem Aufmerksamkeitsdefizit- und Hyperaktivitäts-Syndrom, kurz ADHS genannt. Dadurch passierten ihm immer wieder kleinere, manchmal auch etwas größere Missgeschicke.

Aufgrund des ADHS befand er sich in ärztlicher Kontrolle. Regelmäßig fuhren seine Eltern mit ihm zu einem Kinderarzt oder einem Psychiater. Bei akuten Beschwerden musste Jörg Medikamente einnehmen, damit er mit seiner Krankheit leben und einen Zustand relativer Ruhe erreichen konnte. Meist reichte es aus, wenn er sich im Freien viel bewegte, um beinahe ohne Symptome leben zu können.

Jörgs Eltern blieb nichts anderes übrig, als die Krankheit ihres Sohnes zu akzeptieren, und so lernten sie es, ihren Umgang mit Jörg entsprechend seinem Gesundheitszustand anzupassen. Mehrmals täglich wurde er von der Mutter liebevoll ermahnt, sich auf die Dinge zu konzentrieren, mit denen er sich beschäftigte, oder sich zur Ruhe zu zwingen.

Der Vater nahm ihn zum Fußballtraining auf den Sportplatz seines Vereins mit. Der Junge fand Gefallen an dem Spiel und schon bald hatte er das Bedürfnis, zum Fußballtraining zu wollen, weil er fühlte, dass ihm das guttat. Sein Trainer erkannte, welch großes Talent in Jörg steckte, und entsprechend intensiv kümmerte er sich um ihn. Schnell wurde der Junge ein guter Fußballerspieler. Er wurde im Mittelfeld eingesetzt. Der Trainer schnitt das Spiel auf Jörg zu, sodass dieser sich optimal in die Mannschaft einfügen konnte. Jörg spielte offensiv, aber auch defensiv war er stark. Deshalb bildete der Trainer die Spieler seiner Mannschaft nach einem veralteten Spielsystem aus, weil er auf diese Weise mit seinen Jungen viele Erfolge feiern konnte. Jörg spielte auf der Position eines Offensivläufers.

Technisch war er sehr versiert und außerdem spielte er sehr schnell. Mit beiden Beinen spielte er gleich stark, sowohl in der Ballbehandlung als auch beim Abschluss. Sowohl mit rechts als auch mit links erzielte er seine Tore. Gerne ließ er sich zurückfallen und baute den Angriff seiner Mannschaft von hinten auf, um, wenn es passte, selbst schnell in die Spitze vorzudringen. Er lief sich stets frei, um als Anspielstation für seine Mitspieler zu dienen, und achtete vor dem Abschluss darauf, ob jemand besser als er selbst zum gegnerischen Tor stand. In Situationen, in denen er ein Tor erzielen konnte, spielte er trotzdem den Ball zu einem Mitspieler, wenn der den Angriff mit einem Tor abschließen konnte. Kurz, Jörg war ein Topspieler, wie ihn sich jeder Trainer wünscht, selbstlos stellte er sich in den Dienst seiner Mannschaft.

Als Jörg vom Training nach Hause zurückkehrte, hatte sein Vater Feierabend. Der fragte ihn, was es Neues gebe. Jörg erzählte, er habe am Sonntag ein Heimspiel und wünsche sich, dass der Vater ihn zum Spiel begleite.

Der Junge liebte es, wenn sein Vater mit ihm zum Sportplatz fuhr und ihm beim Fußballspielen zuschaute. Anschließend unterhielten sie sich über die Leistung seiner Mannschaft, aber insbesondere sprachen sie über Jörgs Aktionen. Wenn der Junge der Meinung war, gut gespielt zu haben, zeigte der Vater ihm trotzdem immer wieder Fehler auf, die ihm während eines Fußballspiels unterliefen. Manchmal glaubte Jörg, dass der Vater nie mit seinem Spiel zufrieden war. Aber er wusste, dass der es mit ihm stets gut meinte.

Wenn Herr Ansorge, Jörgs Vater, seinem Sohn seine Fehler erklärte, konnte der Junge daran arbeiten, seine Schwächen zu beseitigen. Selbstverständlich freute er sich darüber, wenn es ihm gelang, seine Leistungen zu verbessern und nach einem Spiel dafür vom Vater gelobt wurde.

Im Flussbad

Im Sommer des Jahres 2005 wollten die drei Freunde ins Flussbad ihres Städtchens gehen. Die Sonne brannte heiß und erbarmungslos vom Himmel und das Wasser der Warnow war ungewöhnlich warm. Schon seit April herrschte das schönste Sommerwetter und der Juni war schon der dritte Monat in Folge mit sommerlichen Temperaturen. Seit über einer Woche hatten die Schüler über 30 Grad an den Thermometern abgelesen. Fast jeden Tag gab es in den Schulen Hitzefrei.

Unsere drei Freunde bezahlten am Eingang des Flussbades ihren Eintritt und suchten sich danach eine geeignete Stelle, an der sie sich ihrer Kleidung entledigen und in den Schatten legen konnten.

Die Jungen hatten kurze Hosen angezogen, aber Franks Hosen waren in den Beinen länger als die seiner Freunde. Die Hosenbeine reichten ihm bis in die Kniekehlen. Schnell entdeckte Jörg ein geeignetes Plätzchen und zeigte es den anderen. Falko war einverstanden und wollte sich auf den Weg dorthin machen, als Frank sagte: „Nee, lasst mal. Das ist mir zu sehr im Zentrum, ich möchte lieber irgendwo am Rand sein, wo wir ungestört sind. Da vorne haben wir keine Ruhe."

Falko sah Frank ins Gesicht. „Ist mit dir alles in Ordnung? Sonst willst du doch auch immer mittendrin sein."

„Ach, bitte lasst uns dahingehen, wo das Flussbad schon zu Ende ist. Da hinten an die Baumgruppe", Frank wies mit dem ausgestreckten rechten Arm und dem Zeigefinger auf mehrere etwa zweihundert Meter entfernte Buchen. Dort war genug Platz für die drei Jungen und die Bäume konnten ihnen vor der hoch am Himmel stehenden Sonne Schatten spenden.

Jörg und Falko sahen in die von Frank gezeigte Richtung. Jörg war mit Franks Vorschlag einverstanden, obwohl ihm der vom Freund ausgewählte Aufenthaltsort für einen Nachmittag etwas zu weit entfernt vom Wasser stand.

Falko fand die Buchengruppe ebenso gut wie den Platz mitten im Flussbad, wo viele Kinder und Jugendliche umhertollten. Sie lag etwas abseits, aber dafür waren sie dort allein. Als die Freunde ihren Platz in Besitz nahmen, legten sie ihre Decken auf den Rasen und ihre Rucksäcke an die Bäume. So konnten sie sich von der Sonne geschützt in den Schatten legen.

Jörg und Falko entkleideten sich. Ungeniert zogen sie sich ihre Shorts vom Po und die Badehosen an. Für einige Sekunden standen sie nackt da. Frank sah die makellosen Körper seiner Freunde. Ihre Oberkörper waren von der Sonne gut gebräunt, ebenso die Beine, nur ihr Po war weiß und glatt. Schnell bedeckten die Badehosen wieder das, was nicht jeder sehen sollte.

Jörg hopste aufgeregt umher. Am liebsten wäre er sofort in die Warnow zum Baden und Schwimmen gesprungen. Doch Falko sagte, dass sie sich abkühlen sollten, bevor sie ins Wasser gingen.

Frank stand immer noch angezogen, aber deutlich nervös und unsicher in der Sonne. Er schwitzte und kaute an seinen Fingernägeln. Falko sah ihm in die Augen. „Willst du, du dich nicht ausziehen?"

„Nein, lieber nicht, mir ist etwas kalt", schwindelte Frank.

Jörg erwiderte: „Dir ist kalt, da fresse ich einen Besen! Weil dir kalt ist, läuft dir auch das Wasser am Arsch runter, oder was?"

Falko reagierte sensibler, Böses ahnend. „Warum bist du denn mitgekommen?"

„Ich will nicht zu Hause sein", gab Frank zu.

„Willst du uns erzählen, was passiert ist?", fragte Falko mitfühlend. Als er den Freund so traurig vor sich stehen sah, wusste er plötzlich, was geschehen war. Er ging zu ihm und legte ihm seine Hände auf die Hüften. Frank verzog schmerzhaft das Gesicht und ging schnell einen Schritt zurück. Falko erschrak. Mit dieser Reaktion seines Freundes hatte er nicht gerechnet. Er ging erneut einen Schritt auf ihn zu und hob dessen T-Shirt hoch.

Frank fühlte sich hilflos und verunsichert. Er hätte es wissen müssen! Seine Freunde erwarteten von ihm, dass auch er sich auszog. Sie wollten mit ihm im Fluss um die Wette schwimmen oder auf der Wiese Fußball spielen. Mit hängendem Kopf stand er vor seinen Freunden und schämte sich. Er ließ es geschehen, dass ihm Falko sein T-Shirt bis zur Brust hochzog. Was Falko nun sah, ließ ihn vor Schreck zusammenzucken und die Luft geräuschvoll ausstoßen.

Franks Körper sah aus, als wäre er von einem Auto angefahren worden. Von der linken Brust bis weit nach unten erstreckte sich ein riesiges dunkelblaues Hämatom, dessen Ende nicht zu sehen war. Es verschwand in der Hose.

Tränen standen dem Jungen in den Augen. Er hatte keine Kraft, Falko daran zu hindern, ihm das T-Shirt hochzuziehen. Als dieser sah, was seinem Freund widerfahren war, begann er, zu zittern. Wütend fragte er: „Wer war das?"

Bevor Frank antwortete, streifte er sein T-Shirt herunter, er wollte seinen geschundenen Körper verdecken. Dann dachte er, dass seine Freunde auch den Rest sehen konnten, und sagte: „Seht euch auch einmal meinen Hintern an. Er tut mir jetzt noch weh. Ich kann kaum sitzen und auf dem Bauch liegen kann ich auch nicht. Ich weiß nicht, wie ich mich bewegen soll. Und morgen haben wir Sport. Da kann ich nicht mitmachen. Und wenn der Alte das erfährt, dass ich Sport schwänze, versohlt er mir wieder den Arsch." Der Alte war Franks Stiefvater.

Mitfühlend sagte Jörg: „Das musst du Herrn Groth erzählen. Er kann dich nicht bestrafen, wenn du Sport deshalb ausfallen lässt." Herr Groth war der Sportlehrer der Jungen.

Frank protestierte: „Bist du blöd? Wenn Herr Groth das sieht, dann bekomme ich doch erst recht wieder einen Arsch voll! Groth rennt doch gleich zu Anders und der zu meinen Alten. Mir muss irgendetwas anderes einfallen, dass ich morgen am Sport nicht teilnehmen muss!"

Falko nahm Frank am Arm und zog ihn zu den Bäumen. Dort stellten sie sich so hin, dass sie von den Buchen für andere Badegäste verdeckt waren. Neugierig folgte Jörg ichnen. Auch er wollte sehen, was Franks Stiefvater angerichtet hatte. Frank tat ihm leid.

Er nahm sich vor, mit seinen Eltern über den Freund zu reden. Vielleicht hatten sie eine Idee, wie ihm geholfen werden konnte, denn für Jörg stand es fest, dass Franks Stiefvater den Freund nicht länger so hart verprügeln durfte. Er selbst war noch nie von seinen Eltern geschlagen worden. Für ihn war das undenkbar, egal, was er ausfressen mochte.

Falko forderte Frank auf, sich die Hosen herunterzuziehen. Der genierte sich jetzt doch. Falko nickte ihm aufmunternd zu und sagte: „Nun mach schon, wir gucken dir nichts ab."

Frank zog seine Shorts bis zu den Kniekehlen herunter und hob sein T-Shirt hinten etwas hoch. Jörg sah auf Franks Po und verzog das Gesicht. „Aua, das hat bestimmt höllisch wehgetan", sagte er mitfühlend, war aber auch von dem, was er sah, entsetzt.

Frank bestätigte: „Ich dachte, der Alte hört gar nicht mehr auf und schlägt mich tot." Als er daran dachte, was er am

Vorabend erleiden musste, kamen ihm wieder die Tränen der Schmach in die Augen.

Falko war zum zweiten Mal erschrocken. Zärtlich streichelte er Frank über den Po. „Du Ärmster, du solltest es wirklich Herrn Groth zeigen. Du kannst nicht bei deinen Eltern bleiben, wenn das so weitergeht."

Franks Gesäß war von dunkelblauen und schwarzen Striemen übersät. Es musste nach der Tracht Prügel eine blutige Fläche gewesen sein. Auch seine Oberschenkel überzogen solche Striemen, doch lagen die nicht ganz so dicht und waren nicht so dunkel wie die auf seinem Po. Falko wollte dem Freund nicht wehtun, aber der zuckte zusammen, als er ihm zärtlich über den Hintern streichelte. Schnell zog er seine Hand zurück.

„Und wo, bitte schön, soll ich hin?", fragte Frank mit Tränen in den Augen.

„Konnte Ralf es denn nicht verhindern", fragte Jörg.

„Der war ja nicht zu Hause. Sonst hätte er mir schon geholfen." Frank machte eine Pause. Die Jörg und Falko schwiegen, das Entsetzen stand ihnen im Gesicht. Frank dachte liebevoll an seinen Bruder. Dann sprach er weiter: „Als Ralfi abends nach Hause kam und gesehen hatte, was der Alte mit mir gemacht hat, ließ er mich nicht mehr allein. Ich durfte bei ihm in seinem Bett schlafen. Er hat mich in seine Arme genommen. Dann streichelte er mir über das Haar und sagte zu mir: Schlafe, mein kleiner Bruder, schlafe nur, ich pass jetzt auf dich auf. Das war richtig schön. Ich hatte keine Angst mehr und schlief tatsächlich ein. Ich habe mich gefühlt, als wenn ich vier wäre, aber nicht vierzehn."
Während er sprach, zog sich Frank die Hosen wieder hoch und sie gingen zu ihren Decken hinüber. Langsam ließ er sich auf die Knie herunter und danach legte er sich vorsich-

tig auf die rechte Seite. Er stützte seinen Kopf mit den Händen ab.

Falko und Jörg legten sich zu ihm. Jörg, der immer in Bewegung war, wollte wissen, warum Frank so böse von seinem Stiefvater geschlagen wurde. Dieser erzählte, dass sein alter Herr gestern angetrunken war. Er forderte Frank auf, den Müll wegzubringen. Das wollte er gerne tun, nur nicht sofort, weil er die Hausaufgaben machte. Er löste eine Mathematikaufgabe. Das sagte er dem Stiefvater.

Wolf wiederholte seine Forderung und der Junge erwiderte, dass er erst die Mathematikaufgabe lösen wollte. Ohne Vorwarnung holte der Stiefvater mit der Faust aus und schlug sie ihm zweimal hintereinander kräftig in die linke Körperseite. Die Schläge waren mit großer Kraft ausgeführt, sodass der Stuhl, auf dem er saß, umkippte und der Junge dabei mit dem Kopf hart auf die kalten Fliesen aufschlug. Das arme Kind konnte in diesem Moment nicht schreien oder weinen, weil es nach Luft rang.

Sofort war der Stiefvater über ihn, riss den verängstigten Jungen in die Höhe und warf ihn sich bäuchlings über das linke Knie. Mit der linken Hand hielt er das erschrockene und nach Luft ringende Kind fest, um ihm mit der rechten Hand die Hosen mit einem Ruck herunterzuziehen. Schon schlug der Kerl dem wehrlosen Jungen die rechte Hand brutal auf den Po. Endlich konnte Frank wieder atmen und schrie und weinte zum Steinerweichen. Seine linke Seite schmerzte ihm so sehr, dass er den Schmerz im Po kaum wahrnahm, der dann doch in seinem Körper explodierte. Als der brutale Mann dem Jungen, der nicht wusste, was mit ihm geschah, den Po dunkelrot geschlagen hatte, stieß er es auf den Fußboden und verschwand. Als Wolf mit einer Hundepeitsche zurückkehrte, lag das bedauernswerte Kind schluchzend und wimmernd auf dem Boden, wohin er es fallen ließ. Erbarmungslos prügelte er mit der Peitsche auf das am Boden zappelnde Kind ein. Ohne Rücksicht auf Verluste schlug er zu, es war dem betrunkenen Stiefvater egal, welche Körperteile des Kindes er traf.

Der Junge erlitt Höllenqualen und glaubte, dass der Kerl, der nicht sein Vater war, nicht mehr aufhören wollte, ihn zu schlagen. Seine Kräfte verließen ihn. Seine Schreie erstarben, sein Wimmern wurde leiser, bis er schließlich verstummte. Sein Körper fühlte sich nicht mehr an, als wenn es sein eigener war. Doch der betrunkene Sadist schlug wieder und wieder auf ihn ein. Frank fühlte den stechenden und brennenden Schmerz, bewegungslos fügte er sich in sein Schicksal. Sein Wille war gebrochen, es war ihm sogar egal, ob der Alte weiter auf ihn einschlug oder nicht. Der Po war von blutigen Striemen übersät, wie die Hinterseiten der Oberschenkel auch.

Der unglückliche Junge konnte später nicht mehr sagen, wie lange er misshandelt wurde. Als es endlich vorbei war, fühlte Frank einen unerträglichen, brennenden und beißenden Schmerz am gesamten Körper. Er konnte sich nicht bewegen, und war nicht fähig, sich mit seinen Händen den blutenden Po zu reiben. Der Stiefvater brüllte ihn an, doch er verstand ihn nicht. Wolfs Worte drangen wie durch einen Filter als dumpfes Geräusch an seine Ohren. Später glaubte er, dass Wolf ihm zurief, sein Sohn habe gefälligst zu gehorchen.

Frank wusste nicht, wie lange er in seinem Zimmer hilflos und verletzt lag. Es wurde schon dunkel, als Ralf seinen kleinen Bruder halb nackt und blutend vorfand. Ralf schwor sich, Rache an dem Stiefvater zu nehmen. Heute war der Kerl zu weit gegangen.

Hilflos starrte Ralf auf seinen misshandelten Bruder. Er wusste nicht, wie er ihm helfen sollte, doch kümmerte er sich um den fast bewusstlosen Frank auf liebevolle Weise. Zunächst fragte er sich, wie er ihn in sein Zimmer bekommen sollte. Er wollte seinem Bruder nicht zusätzlich wehtun. Also beschloss er, Frank dort liegen zu lassen, wo er ihn gefunden hatte, und holte aus dem Bad eine Schale mit kaltem Wasser und einen Waschlappen, um dem Bruder das angetrocknete Blut vom Po und den Beinen vorsichtig abzuwaschen. Dabei entdeckte er den von Wolfs Faustschlägen verursachten riesigen blauen Fleck an Frans linker Körperseite. Von der Brust bis unter die Hüfte hatte sich ein Hämatom gebildet.

Das konnte Ralf nicht mehr ertragen. Er war am Ende seiner Kräfte. Er sank neben Frank auf die Knie und weinte hemmungslos. Er verlor die Kontrolle über sich und schrie laut durch das Haus: „Nein, was hast du Arsch ihm angetan!" Ralf hatte Glück, dass Wolf das nicht hörte. Der saß in diesem Moment in der Kneipe und ließ sich ein Bier schmecken.

Nach einigen Minuten fühlte Ralf mehr, als er es sah, dass Frank sich regte. Vorsichtig half er ihm, sich vom Fußboden zu erheben. Mit zittrigen Beinen stand Frank vor ihm. Er drohte zu stürzen. Ralf brachte ihn mit viel Mühe, indem er ihn mit der Schulter und den Armen stützte und ihn mit den Händen festhielt, in sein Zimmer. Dort legte er ihn ins Bett. Froh darüber, dass ihm das gelang, strich er seinem Bruder über die Haare und sagte sanft und liebevoll: „Du bleibst jetzt bei mir, mein lieber Bruder. Ich hole dir etwas zu essen und zu trinken. Du musst keine Angst mehr haben. Ich pass auf dich auf."

Fünf Minuten später war er wieder zurück, doch Frank konnte nichts zu sich nehmen. Also legte sich Ralf neben ihn und wachte über ihn.

*****

Die drei Freunde lagen im Schutz der Bäume im Schatten. Falko und Jörg sahen Frank mitleidsvoll an. Falko konnte nicht anders, als Frank über die Haare zu streicheln, und dann streichelte er ihm über das Gesicht.

Verstört sah Frank ihn an. „Was soll das", fragte er.

Falko nahm schnell seine Hand aus dem Gesicht seines Freundes. Was sollte er ihm sagen? Er wusste es nicht. Deshalb blieb er still und blickte beschämt weg. Er fühlte sich ertappt. Niemandem konnte er sagen, was er dachte, weil er es selbst nicht verstand. Er fühlte sich einsam und allein, obwohl seine Freunde bei ihm waren. Plötzlich wurde er traurig. Jörg und Frank sahen sich an. Jörg zuckte mit den Schultern, was so viel heißen sollte: Ich weiß auch nicht, was er plötzlich hat.

Frank verstand Falko nicht. „Was ist plötzlich los mit dir? Kann ich dir helfen?"

Falko antwortete nicht, stand auf und ging wortlos davon. Er wurde schneller und immer schneller und lief genau auf das Wasser zu. Als er ans Ufer der Warnow kam, stürzte er sich in die Fluten.

Frank drehte sich zu Jörg und vergaß dabei seinen geschundenen Körper. Ein plötzlicher, scharfer Schmerz durchbohrte ihn. Er stöhnte auf, schnitt eine Grimasse, er wollte dem Freund seinen Schmerz nicht zeigen, und lächelte. Aber sein Lächeln misslang ihm gründlich.

Jörg wollte Frank seine Hilfe anbieten, doch ließ er das sein, weil es dem Freund gelang, doch noch zu lächeln. „Sage mal, hast du auch gesehen, was ich gesehen habe?"

„Was hast du denn gesehen?", fragte Jörg zurück.

Vergessen war seine gestrige Tortur. Vergessen war der Schmerz, den er immer wieder verspürte, wenn er sich unachtsam bewegte.

Frank grinste immer noch über sein ganzes Gesicht, als er erzählte: „Als Falko aufstand und weglief, hatte er einen Steifen."

Jörg sah Frank ungläubig ins Gesicht. „Der Glückliche, ich bekomme leider noch keinen hoch."

Nun lachten sie beide. Doch Frank holte der Schmerz wieder ein, er schrie während des Lachens kurz auf und lachte weiter. Er legte sich auf den Rücken und quietschte vor Vergnügen. Jörg wälzte sich am Boden umher. Frank prustete: „Der war gut. Ich sehe doch oft genug, dass du einen Steifen hast, wenn du Jutta siehst. Ha, ha". Er konnte sich kaum beruhigen.

Jörg und Frank alberten fröhlich umher. Sie lachten und konnten sie sich nicht beruhigen. Immer wieder fiel ihnen ein neuer Witz ein. Während dessen kühlte sich Falko im Wasser ab. Er wollte allein sein.

Er verstand die Welt nicht mehr und war von sich selbst erschrocken. „Was war das eben?", dachte er, als er zur Flussmitte schwamm.

Frank tat ihm leid. Er war erschrocken, als der Freund ihm seinen Po zeigte. Plötzlich tat ihm sein eigenes Hinterteil weh, als er Franks so bestialisch zugerichtetes Gesäß sah. Auweia, musste das wehgetan haben! Er konnte es sich nicht erklären, warum er zwanghaft Franks Po streicheln musste. Später lagen sie unter den Bäumen auf ihren Decken. Frank erzählte von Wolfs brutaler Prügelei, jedenfalls von dem, woran er sich erinnern konnte. Dabei erwachten in Falko Gefühle, die er nicht kannte.

Frank war ein schöner Junge, wenn er von seinem Stiefvater in Ruhe gelassen wurde. Jedoch musste er oft eine Tracht Prügel von seinem alten Herrn beziehen. Manchmal lachte Frank sogar darüber. Aber dieses Mal lachte er nicht, im Gegenteil schämte er sich dafür vor seinen Freunden.

Trotzdem zeigte er bereitwillig Falko seinen malträtierten Körper.

Aber welche Gefühle verspürte er? Frank tat ihm leid. Als Falko den verprügelten Körper des Freundes sah, schmerzte ihm sein eigener. Warum regte sich trotzdem etwas in seiner Badehose? Er war doch kein Sadist! Und als er in Franks schönes Gesicht sah, konnte er nicht anders. Franks Gesicht war für ihn wie ein Magnet und seine Hand war das Stück Metall dazu, welches automatisch vom Magneten angezogen wurde.

„Was war das eben? Warum konnte ich nicht widerstehen, Frank zu streicheln?", fragte sich der verwirrte Falko. Er verstand nicht, dass sein Penis gegen den weichen Grasboden drückte und sich somit unaufhaltsam zu seinem Bauchnabel bewegte. Außerdem lief ihm im Mund das Wasser zusammen. Das hatte er bewusst wahrgenommen. „Warum geschah das?", fragte er sich wieder und wieder. „Hoffentlich haben Jörg und Frank das nicht gesehen!" Falko schämte sich vor seinen Freunden.

Das Wasser des Flusses kühlte ihn ab. Langsam kehrte in seiner Badehose wieder Ruhe ein! Er bot alle seine Kräfte auf und schwamm schwungvoll, um sich abzureagieren. Als wäre er ein Leistungssportler, der in einem Schwimmwettkampf um den ersten Platz fightete, so verausgabte Falko sich. Nach einer halben Stunde stieg er völlig erschöpft aus dem Fluss und ging zu seinen Freunden zurück. Jetzt war er nicht mehr verwirrt. Jetzt war er erschöpft und verwirrt.

Klitschnass legte er sich ausgepowert auf seine Decke. Er lag auf dem Rücken und atmete tief durch. Frank rutschte zu Falko herüber. Er legte dem Freund seine Hand auf den Arm und fragte: „Was hast du, Falko? Willst du mir nicht sagen, was los ist? Kann ich dir helfen?"

Traurig antwortete Falko: „Wenn ich das nur selbst wüsste! Ich weiß es nicht. Ich glaube, mir kann keiner helfen."

Plötzlich lag Jörg auch noch neben ihm. Der stupste Falko an und sagte: „Meine Eltern sagen immer, für jedes Problem gibt es eine Lösung. Vielleicht redest du mal mit deinen Eltern darüber", schlug er vor.

Falko erwiderte verzweifelt: „Du weißt doch, dass ich nur alle zwei Wochen zu meinem Vater darf. Und meine Mutter wird das nicht verstehen, wenn ich ihr sage, was mit mir los ist. Ich verstehe das selbst nicht!" Falkos Eltern waren geschieden. Das alleinige Sorgerecht für den gemeinsamen Sohn hatte die Mutter. Dem Vater war vom Gericht ein vierzehntägiges Besuchsrecht eingeräumt worden.

„Dann sag es doch uns, vielleicht können wir dir helfen", meinte Jörg.

Frank änderte seine Liegeposition und stöhnte erneut von Schmerzen geplagt auf, danach sagte er mit verzerrtem Gesicht: „Wir haben uns doch immer alles erzählt". Dabei sah er Falko in die Augen und sprach weiter: „Ich habe euch vorhin auch alles erzählt und sogar gezeigt!" Ungewollt musste er wieder an die Beule in Falkos Badehose denken, die nun aber verschwunden war, und grinste blöd in sich hinein. Jörg ahnte, warum Frank grinsen musste, und plötzlich prustete er vor Lachen laut los.

Jetzt war Falko beleidigt. Er ahnte, warum Jörg und Frank lachten. Das tat ihm weh. „Ach, ihr seid ja doof und benehmt euch wie die kleinen Kinder!" Er sprang auf und suchte seine Siebensachen zusammen. Tränen standen in seinen Augen. Sie liefen ihm über. Er schluchzte. Danach schämte er sich vor seinen Freunden dafür. Warum war auf einem Male das Leben so kompliziert? Nichts passte mehr, alles war anders geworden. Alles war doof und schwer, nichts war mehr so einfach, wie es früher einmal war. War das so, wenn man erwachsen wurde? Wurden die Probleme etwa noch größer, als sie sowieso schon waren? Nein, dann wollte er nicht erwachsen werden. Dann wollte er lieber für alle Zeiten ein Kind bleiben. Gut, er musste abends ins Bett gehen, wenn die Erwachsenen das wollten, er musste viele Dinge tun, wenn die Erwachsenen es ihm sagten. Aber seine Sorgen, die er als Kind hatte, waren überschaubar!

Viele Fragen gingen Falko durch den Kopf. Er zermarterte sich sein Gehirn. Er suchte Antworten, aber er bekam sie nicht. Warum war alles so doof und verrückt geworden? Warum reagierte sein kleiner Freund in der Hose, wenn er Frank sah? Warum verspürte er so ein komisches Kribbeln im Bauch, wenn er an den Freund dachte? Und warum hatte er dieses unwiderstehliche und unkontrollierbare Gefühl, Frank berühren zu müssen, wenn dieser vor ihm ging und er sah, wie die Muskeln seines Hinterns mit jedem Schritt in der Jeans spielten? Dann bewegte sich Franks Po von der einen Seite auf die andere, immer wieder Auf und Ab. Es fiel ihm immer schwerer, sich zu beherrschen, um Frank nicht zu berühren, wenn sein Po beim Gehen hin und her wippte. Wie sollte er dem Freund seine Gefühle erklären, die er selbst nicht verstand? Aber er wusste: Wie er auf Frank reagierte, sollte er auf Mädchen reagieren!

Falko fühlte sich unwohl und verabscheute sich. Der arme Junge glaubte, nicht normal zu sein, und fühlte sich alleingelassen und einsam, obwohl er Freunde hatte. Aber er traute sich nicht, mit ihnen über sein Problem zu reden.

Jetzt war Frank peinlich berührt. Er wollte Falko nicht traurig machen und schon gar nicht wollte er, dass der Freund weinte.

Auch Jörg war diese Situation unangenehm. Beide sprangen auf, wie zuvor Falko. Frank unterdrückte einen

Schmerzensschrei, und trotzdem fragte er mit Jörg gemeinsam wie aus einem Munde: „Falko, was ist denn plötzlich los mit dir?"

Verunsichert wie er war, wollte Falko nach Hause gehen. Doch Jörg stellte sich ihm in den Weg und bat: „Bitte sei nicht mehr böse, wir wollten dir nicht wehtun."

Auch Frank gesellte sich zu Falko und Jörg. Beide Hände hatte er sich auf die linke Seite gedrückt. Er konnte nicht mehr geradestehen, seinen Oberkörper hatte er nach vorne gebeugt. Sein Gesicht war nur noch eine blasse, farblose und von Schmerzen gepeinigte Maske. Sein Atem ging stoßweise und mühsam presste er hervor: „Sei bitte wieder gut mit uns."

Sorgenvoll sah Falko ihm ins Gesicht. Er vergaß seinen eigenen Kummer. „Wir sollten dich zu einem Arzt bringen."

„Nein", rief Frank hektisch und angstvoll aus, „wie stellst du dir das vor, dann bekomme ich doch wieder Prügel! Es muss unter uns bleiben, bitte versprecht mir das!" In panischer Angst gingen seine Augen zwischen Jörg und Falko hin und her.

Schweren Herzens versprachen die beiden, niemandem ein Wort von Franks Pein zu erzählen.

Kraftlos ließ sich Frank ins Gras sinken. Falko hatte Angst um ihn und setzte sich neben ihn. Er wollte trotz allem bei Frank bleiben und auf ihn aufpassen. Was sollte er tun? Wie konnte er dem Freund helfen? Gerne wollte er ihn streicheln. Schon hatte er seine rechte Hand erhoben, doch resigniert ließ er sie wieder sinken. Plötzlich war er wieder traurig.

Frank deutete Falkos Traurigkeit falsch. „Falko, du musst nicht traurig sein. Ich lebe noch."

„Du Arsch", brachte Falko hervor. Ihm kamen die Tränen. Frank versuchte, ihn zu beruhigen. Doch war Falko mit seiner Situation überfordert. Er wollte nicht erwachsen werden, wenn das Leben so kompliziert wurde, dass er es nicht mehr beherrschen konnte. Er wollte Frank helfen und konnte es nicht. Er war wütend auf sich selbst, weil er sich selbst nicht mehr verstand. Was war mit ihm los? Warum gefielen ihm plötzlich Jungen und nicht Mädchen, wie es sein sollte? Er war traurig, weil es Frank so schlecht ging. Er war verwirrt, weil er nicht wusste, mit wem er über seine Gefühle sprechen konnte. Nach einigen Augenblicken beruhigte er sich und seine Tränen versiegten.

Schweigend saßen die drei Freunde beisammen. Keiner traute sich, etwas zu sagen. Jeder hing seinen Gedanken nach. Irgendwann konnte Jörg nicht mehr ruhig sitzen bleiben und musste sich bewegen. Falko und Frank kauerten immer noch still auf dem Rasen. Sie spielten unbewusst mit den Grashalmen. Einer streichelte über sie dahin, der andere zog einige Halme aus dem Boden, hielt sie in der linken Hand und strich mit der rechten darüber.

Da die Freunde sich beruhigt hatten, wollte Jörg baden gehen. „Ich gehe jetzt ins Wasser. Kommt jemand mit?" Er rechnete nicht damit, Falko war gerade schwimmen und Frank hatte sich nicht zum Baden ausgezogen. Beide verneinten seine Frage und blieben zurück. Schnell war Jörg zwischen den anderen Badegästen verschwunden.

Nachdem er außer Hörweite war, sah Frank Falko ernsthaft in die Augen. „Falko, dich bedrückt etwas. Was ist das?"

„Ich weiß es selbst nicht", antwortete Falko.

„Das glaubst du doch selbst nicht."

„Aber wenn ich es dir doch sage!" Falko klang gequält.

Frank gab nicht auf, das Gespräch ging ohne Ergebnis hin und her. Der eine fragte und der andere wich ihm aus. Irgendwann verlor Frank die Geduld. „Glaubst du etwa, ich sehe nicht, dass du – ", er brach mitten im Satz ab. Wie sollte er das ausdrücken, was er sagen wollte? Keinesfalls wollte er Falko wehtun.

Über sich selbst erstaunt, ergänzte Falko leise mit herabhängendem Kopf den Satz. „Du meinst, dass ich schwul bin?"

Frank sah Falko an. „Es ist mir egal, was du bist. Du bist und bleibst mein Freund. Du kannst mit mir darüber reden. Ich glaube, du hast dich in mich verliebt."

Falko war überrascht. Die plötzliche Erkenntnis tat ihm weh. Schwul sein wollte er nicht! Aber ändern konnte er das auch nicht. „Scheiße! Verflucht! Wie soll ich damit leben?", fragte er sich. Er kannte niemanden, der so war wie er selbst. Mit wem konnte er darüber reden, wie sollte er sein Leben gestalten, wenn er tatsächlich schwul war? Sicher war er sich noch nicht, aber …

Er sagte: „Ich bin mir nicht ganz sicher. Aber ich glaube es auch. Ich träume von Jungs und …", er ließ den Kopf hängen und sprach weiter, ohne Frank ansehen zu können: „Ich glaube es auch. Manchmal möchte ich dich umarmen, dich streicheln. Es kribbelt in meinem Bauch, wenn ich dich sehe. Warum ist das so? Ich will nicht schwul sein."

Frank wusste nicht, was er antworten konnte. Er war noch ein Kind. Nur ein Stimmbruch machte ihn noch nicht zum erwachsenen Mann und es fehlten ihm so viele Erfahrungen. An Sex hatte er noch nicht gedacht. Er wusste, dass er Mädchen schön fand und eine Freundin haben wollte. Nicht schon morgen, aber doch irgendwann. Was konnte er dem Freund auf sein Geständnis sagen? Ihm fiel nichts ein, das Falko trösten könnte. Als Falko mit keiner Antwort mehr rechnete, sagte er doch noch: „Falko, ich bin nicht so. Aber ich werde für dich als Freund immer da sein. Wenn du mit jemand reden willst, dann komme zu mir."

„Das möchte ich schon, aber du hast doch selbst genug Probleme mit deinem alten Herrn. Der ist noch nicht einmal dein Vater und schlägt dich trotzdem."

„Wir sind Freunde, und wenn es sein muss, sollten wir uns gegenseitig helfen."

„Du hast recht", entgegnete Falko: „Wir sollten mehr miteinander reden."

Probleme

Als Frau Blechschmidt am nächsten Tag mit ihrem Sohn Falko beim Abendessen saß, nahm dieser seinen ganzen Mut zusammen. Unsicher begann er: „Mutti, ich muss dir was erzählen."

„Was willst du mir denn erzählen?"

Falko wusste nicht, wie er beginnen sollte. Aber jetzt hatte er den Anfang gemacht, da wollte er es auch zu Ende bringen. Er suchte nach den richtigen Worten und hoffte, dass seine Mutter ihm helfen werde. Aber wie diese Hilfe aussehen sollte, wusste er nicht. Aber er hatte die Hoffnung, dass sie zu ihm hielt, schließlich war sie seine Mutter.

Hatte er einmal ein Problem, wusste sie immer Rat, warum nicht dieses Mal auch? Wenn sie Verständnis für ihn hätte, wäre ihm das sehr viel wert. Dann wüsste er, dass er einen Menschen hatte, mit dem er sich über seine Probleme unterhalten konnte.

Wenn er bloß wüsste, wie er ihr sein Problem erklären konnte. Er wollte schon beginnen, blieb dann aber doch still.

Ungeduldig sagte die Mutter: „Also was ist nun? Willst du mir etwas sagen oder nicht? Ich habe nicht ewig Zeit."

Mit ihrer Ungeduld verunsicherte Frau Blechschmidt ihren Sohn noch mehr. Seine Worte, die er sich zurechtgelegt hatte, verschwanden plötzlich aus seinem Kopf. Falko versuchte, seine aufkommende Angst zu überwinden, und gab sich einen Ruck. „Mutti, ich glaube, ich bin schwul."

Die Mutter lachte. Falko sah sie ungläubig und enttäuscht an. Sie nahm ihn nicht ernst. Doch dann beruhigte sie sich. „Glaube mir, mein Sohn, eine schwule Phase macht jeder Junge in deinem Alter durch. Das gibt sich wieder."

„Aber Mutti …" Er wollte ihr seine Gefühle erklären, doch ließ seine Mutter ihm dafür keine Zeit.

Streng unterbrach sie ihn. „Blödsinn, mein Sohn ist nicht schwul. Schlage dir das aus dem Kopf. Wobei ich deinem Vater auch das zutrauen würde, dass er eine schwule Sau zeugt. Und jetzt ist Schluss damit. Ich will nie wieder etwas davon hören. Hast du mich verstanden?!"

Mit hängendem Kopf sagte er leise: „Ja, Mama." Mit solch einer Reaktion seiner Mutter hatte er nicht gerechnet. Seine Verunsicherung wuchs. Jetzt hatte er Angst vor seiner Zukunft. Wer sollte Verständnis für ihn aufbringen, wenn nicht seine eigene Mutter?

„Falko, du hilfst mir mit dem Geschirr und beim Abwasch! Hast du gehört?"

Plötzlich fühlte er sich in ihrer Nähe nicht mehr wohl. Seine Mutter war eine strenge Frau. Er konnte sich nicht daran erinnern, dass sie ihn in ihre Arme nahm, wenn er sich das gewünscht hatte. Sein Vater ging mit ihm viel liebevoller um als seine Mutter. Von ihr wurde er oft gemaßregelt, er hatte zu funktionieren. Geschlagen hatte sie ihn bisher noch nicht. Jedoch stellte sie hohe Anforderungen an ihn, in der Schule genauso wie zu Hause.

Falko versuchte es noch einmal. „Aber Mama, ich glaube, ich habe mich verliebt."

„Und wer ist die Glückliche?" Erwartungsvoll sah sie ihn an.

„Es ist keine Sie, Mama. Es ist Frank." Falko wollte ihr von seinen Gefühlen erzählen, doch wieder reagierte seine Mutter nicht, wie er es sich erhoffte. „Schluss jetzt! Ich hatte dir doch vor wenigen Sekunden etwas gesagt. Ich will nichts davon hören. Du bist nicht schwul. Und wenn du glaubst, dass es so ist, dann hast du bei mir nichts mehr zu suchen. Und nun geh mir aus den Augen, ich will dich heute nicht mehr sehen!"

Jedes Wort seiner Mutter empfand er wie einen Peitschenhieb. Sie verletzten ihn tief in seinem Innerem, in seiner Seele. Tränen stiegen ihm in seine Augen. Schnell drehte er sich um und ging in sein Zimmer. Dass er weinen musste, sollte die Mutter nicht sehen. Er war von ihr enttäuscht und verletzt. Er dachte an Frank und erinnerte sich daran, was der ihm gesagt hatte. Frank sei nicht schwul, aber sie könnten Freunde bleiben. Hemmungslos schluchzend warf Falko sich auf sein Bett. In diesem Moment glaubte er verzweifelt, dass er keine Freunde habe, auch keine Mutter und keinen Vater. Er glaubte, allein auf dieser Welt zu sein. Er fühlte sich einsam und nicht verstanden und war grenzenlos traurig. Was bloß konnte er tun, um seine Situation zu verbessern? Falko wusste es nicht! Er kannte keinen Menschen, mit dem er über seine Probleme reden konnte?

*****

Frank hielt sich in seinem Zimmer auf, als sein Bruder von der Arbeit nach Hause zurückkehrte. Ralf hatte eine Lehrstelle im Überseehafen in Rostock bekommen und musste jeden Tag mit dem Zug dorthin fahren. Morgens und abends war er über eine Stunde unterwegs, um zur Arbeit oder nach Hause zu kommen.

Trotzdem wollte er nicht im Wohnheim in Rostock wohnen. Lieber nahm er den langen Fahrweg mit der Bahn in Kauf, als in der hektischen Großstadt wohnen zu müssen. In der Kleinstadt war alles viel überschaubarer und familiärer, er war froh, hier leben zu können.

Er begrüßte seinen Bruder und fragte ihn, wie es ihm heute gehe. Ralf machte sich Sorgen um Frank, nur ungern ließ er den Kleinen, wie er Frank manchmal im Geheimen nannte, in dem Haus zurück, in das die Mutter unbewusst und ungewollt einen unberechenbaren Schläger geholt hatte.

Frank erzählte, dass er starke Schmerzen an den Rippen der linken Seite hatte und manchmal glaubte, das Bewusstsein zu verlieren. Tief einatmen konnte er nicht und sein Körper sah durch die großen blauen Flecke schrecklich aus. Ralf gab dem Bruder eine Salbe. Die sollte er jeden Tag morgens und abends in die Haut seines geschundenen Körpers einreiben, bis die Hämatome zurückgegangen seien. Danach fragte Ralf: „Ist der Alte zu Hause?"

„Nein, der ist arbeiten und kommt erst spät am Abend zurück", antwortete Frank.

„Wenn Mutti nachher nach Hause kommt, müssen wir mit ihr reden und ihr deine Seite und deinen Arsch zeigen. Sie muss mit ihm sprechen. So kann es nicht weitergehen, eines Tages schlägt uns der Kerl noch tot, wenn nicht endlich etwas passiert."

„Nein", antwortete Frank, „das können wir ihr nicht sagen. Soll sie sich gegen ihn auflehnen, damit er Mama auch noch schlägt? Nein, das will ich nicht."

Die Eltern

Franks Mutter lebte einige Jahre mit ihren beiden Söhnen allein. Sie war eine einfache Frau und liebte ihre Kinder sehr. Frank und Ralf waren zwei Brüder, die sich gut verstanden. Oft streiten sich Geschwisterkinder, aber bei den beiden war das nicht der Fall. Ralf war drei Jahre älter als Frank und war ihm ein liebevoller großer Bruder, der sich stets fürsorglich um ihn kümmerte. Er sorgte sich in allen Dingen um ihn, war ihm Bruder, Vater und Freund in einer Person. Zu jeder Zeit konnte Frank mit seinen Problemen zu ihm gehen und ihn um Hilfe bitten. Noch nie hatte Ralf ihn aus Zeitgründen weggeschickt. Dafür liebte und verehrte er seinen kleinen Bruder viel zu sehr.

Die Mutter musste viel arbeiten, um als alleinerziehende Frau den Unterhalt für die Familie zu verdienen, nur so konnte sie die Kinder großziehen. Es war nicht einfach, zwei Jungen allein zu erziehen und für sie zu sorgen. Sie war froh, dass ihre Jungen so gut geraten waren. Aber sie wollte nicht nur mit ihren Söhnen allein leben, sie sehnte sich nach einem Mann. Die zärtlichen Berührungen eines Mannes, wenn sie mit ihm am späten Abend ins Bett ging, fehlten ihr genauso sehr wie die tatkräftige und helfende männliche Hand bei den täglichen Arbeiten im Haushalt.

Stets achtete sie darauf, dass ihre Kinder sich morgens ordentlich wuschen, die Zähne putzten und Frühstück aßen, bevor sie sauber gekleidet in die Schule gingen. Abends mussten Ralf und Frank rechtzeitig schlafen gehen, um für den nächsten Tag fit zu sein. Sie kümmerte sich so gut wie allein um den gesamten Haushalt. Die Kinder bekamen von ihr nur selten Aufgaben übertragen. Sie war für ihre beiden Jungen eine gute Ansprechpartnerin, die zu jeder Tages- und Nachtzeit für sie da war, wenn sie Probleme hatten.

Ralf und Frank lebten glücklich mit ihrer Mutter zusammen, die eine attraktive, lebenslustige und gutmütige Frau war. Sie war neununddreißig Jahre alt und hatte schulterlanges blondes Haar, das sie meist offen trug. Sie bevorzugte knielange Kleider und zog gerne nahtlose Perlonstrümpfe an.

Eines Tages kam sie mit einem Mann nach Hause, für den sie sich schön angezogen und geschminkt hatte. Als Ralf seine bildhübsche Mutter erblickte, machte er ihr ein Kompliment. Darüber freute sie sich und stellte ihm und Frank Erwin Wolf vor. Ralf befürchtete einschneidende Veränderungen in seinem Leben und war nicht davon begeistert, dass ein für ihn fremder Mann die Wohnung mit ihnen teilen sollte, der nun sicherlich das Kommando übernehmen wollte. War bisher doch Frank der Mann im Hause und hatte sich um alle handwerklichen Aufgaben in der Wohnung gekümmert, ebenso um seinen kleinen Bruder.

Frank sah das anders als Ralf. Er freute sich, endlich einen Papa zu bekommen.

Die Mutter heiratete Erwin Wolf und die Kinder mussten ebenso wie sie dessen Namen annehmen. Schließlich kamen nach und nach die von Ralf gefürchteten Veränderungen. Erwin Wolf übernahm das Kommando im Hause und in der Familie. Alle hatten sich nach ihm zu richten.

Wenn die Kinder ihre Aufgaben nicht in der von ihm erwarteten Qualität erfüllten, begann er, sie zu bestrafen. Zunächst bestanden diese Strafen aus Fernsehverbot oder Stubenarrest. Frank nahm sie hin, ohne böse Gedanken gegen seinen Stiefvater zu hegen. Er akzeptierte den Mann seiner Mutter als seinen Erzieher und Vater. Er wollte „seinen Papa" lieben. Aber das gelang ihm mit fortschreitender Zeit immer weniger, weil Wolf, je länger er sich als Vorstand der kleinen Familie fühlte, die Jungen für geringfügige Vergehen hart bestrafte.

Ralf akzeptierte Wolf von Beginn an nicht. Zwar lehnte er sich nicht gegen ihn auf, denn er wollte seiner Mutter keine Sorgen bereiten. Aber er war mit vielen Entscheidungen ihres Mannes nicht einverstanden und zeigte das in aller Offenheit.

Wie die Kinder Wolfs Handeln aufnahmen und über ihn dachten, war Erwin Wolf egal. Sie hatten zu funktionieren, das sagte er immer wieder.

Eines Abends, Frau Wolf befand sich in ihrem Betrieb an ihrem Arbeitsplatz, hatte Frank den Abwasch in der Küche nicht erledigt. Das Geschirr stand noch verschmutzt neben dem Waschbecken in der Küche.

Wolf bemerkte das und befahl ihm, endlich das Geschirr abzuwaschen. Der Junge lernte in diesem Moment in seinem Zimmer für die Schule ein Gedicht. „Papa, ich erledige das gleich, ich will nur mein Gedicht zu Ende lernen."

Kaum hatte er das letzte Wort ausgesprochen, fand er sich über Wolfs Knie wieder. Das erste Mal in seinem Leben wurde ihm sein Po verhauen. Frank wusste nicht, wie ihm geschah. Sein Po schmerzte ihm heftig, als Wolf endlich aufhörte, auf ihn einzudreschen. Dicke Tränen weinte der Junge. So eine Behandlung hatte Frank noch nie erlebt. Er weinte nicht nur wegen der ihm zugefügten Schmerzen, sondern auch aus Scham und weil er wütend war und sich gedemütigt fühlte. Niemand sollte ihm noch einmal seinen Po verhauen dürfen.

Das zweite Mal wurde Frank von Wolf in der Küche gezüchtigt, während sich Ralf in seinem Zimmer aufhielt. Der Bruder hörte ihn aufheulen und machte sich Sorgen um ihn. Dann vernahm er das klatschende Geräusch, das entstand, wenn eine Hand auf einen nackten Po niedersauste.

So schnell er konnte, lief Ralf in die Küche und sah, dass Wolf seinen kleinen Bruder schlug. Der weinte herzerweichend und seine Tränen kullerten ihm über die Wangen. Seinen Kopf hatte er in den Nacken geworfen und sein Gesicht war schmerzverzerrt. Ralf schrie Wolf an: „Lass sofort meinen Bruder in Ruhe!"

Tatsächlich ließ Wolf von Frank ab, aber nur deshalb, um sich Ralf gewaltsam über sein Knie zurechtzulegen und ihm den Po an Stelle des kleinen Bruders zu verhauen. Ralf wehrte sich so gut er es konnte, aber Wolf war zu stark für den damals dreizehnjährigen Jungen. Jetzt eilte Frank seinem Bruder zu Hilfe. Er sprang Wolf von der Seite an und wollte Ralf befreien. Doch der hünenhafte Mann schüttelte den kleinen Jungen wie eine lästige kleine Katze ab. Dabei prallte der Junge gegen einen Schrank und tat sich sehr weh. Ralf bekam seine Tracht Prügel verabreicht, all die Hiebe, die Frank bekommen sollte, musste nun der ältere der beiden Brüder einstecken.

Seitdem verprügelte Wolf beide Kinder regelmäßig. Das war den Geschwistern peinlich, sodass sie Wolfs Bestrafungen wie ein Geheimnis hüteten. Erst nach vielen Monaten traute sich Frank, das seinen Freunden zu erzählen. Sie hatten die Spuren einer seiner vielen körperlichen Bestrafungen auf seinen Oberschenkeln gesehen. Seitdem konnte Frank Wolfs Prügeleien vor Falko und Jörg nicht mehr verheimlichen.

Wolf trank jeden Tag Bier, manchmal auch Schnaps dazu. Nie übermäßig viel, jedoch achtete er darauf, in seinem Körper stets einen gleichbleibenden Alkoholpegel zu haben. Da Frank und Ralf ihrem Stiefvater nie etwas recht machen konnten, fürchteten sie sich vor ihm, der sich an ihrer Angst weidete. Wolf kümmerte sich liebevoll um seine Frau, aber ihre Kinder empfand er als Last. Und das ließ er sie fühlen.

*****

Falkos Eltern waren geschieden. Der Vater, Herr Maaß, arbeitete auf den Baustellen Berlins. Dort hatte er sich eine große und schöne, sonnige Dreiraumwohnung gemietet. Er vermisste seinen Sohn und litt darunter, Falko nur ein oder zweimal im Monat an den Wochenenden sehen zu dürfen. Durch seinen Aufenthalt in der Hauptstadt, der zunächst vorübergehend sein sollte, dann aber doch dauerhaft wurde, konnte er nur selten in seine kleine Heimatstadt an der Warnow in Mecklenburg zurückkehren. Deshalb telefonierte er regelmäßig mit seinem Sohn, manchmal auch mit Falkos Klassenlehrer, mit dem er befreundet war. So erfuhr er von Falkos guten Leistungen in der Schule und auch von den Problemen, die der Junge in der Schule hatte. So war Herr Maaß stets gut über seinen Sohn informiert und konnte entsprechend reagieren, wenn das erforderlich war. Trotzdem bekam Herr Maaß nach den Telefongesprächen mit Falko oft ein schlechtes Gewissen, weil er sich wünschte, mehr Zeit für seinen Jungen zu haben, was allein schon durch das Scheidungsurteil nicht möglich war, zudem die Entfernung zwischen den Wohnorte das nicht zuließ.

Nur mit Geschenken für Falko konnte er den fehlenden Kontakt zu seinem Jungen nicht ausgleichen, das wusste Herr Maaß. Trotzdem schickte er ihm regelmäßig Pakete mit Dingen, von denen er wusste, dass Falko sie sich wünschte. Dadurch gab er sich selbst das Gefühl, seinem Sohn etwas näher zu sein.

Konnten die beiden ein gemeinsames Wochenende genießen, hatte Herr Maaß stets viele gute Ideen, mit denen er seinen Jungen glücklich machen konnte. Bei schlechtem

Wetter führte er mit Falko Gespräche über Themen, die den Jungen besonders interessierten. Oft ging er mit ihm ins Kino, die neuesten Filme ansehen. Oder er spielte mit Falko neue aufregende Spiele am Computer. Bei gutem Wetter unternahmen sie schöne Ausflüge in die nähere Umgebung Berlins. Manchmal übernachteten sie dabei in einem Zelt, das Falkos Vater vorher in seinem Auto verstaut hatte, oder sie schliefen in einem Hotel.

Falko war glücklich, wenn er mit seinem Vater ein Wochenende verbringen durfte, doch jedes Mal, wenn er sich von ihm trennen musste, wurde er traurig.

So war es auch heute. Falko hatte seinen Vater in Berlin besucht. Es gab für einen vierzehnjährigen Jungen in Berlin viel zu entdecken unter anderem den Tierpark oder den Zoo. In beiden konnte man viele Tiere beobachten.

Von den Museen gefiel Falko insbesondere das Pergamonmuseum. Der Fernsehturm war für ihn ebenso interessant, vor allem aber hatten es ihm der Spreewald und die vielen Parks in Berlin angetan.

An diesem Wochenende war Herr Maaß mit seinem Sohn im Spreewald unterwegs und hatte mit ihm an einer Kanufahrt teilgenommen.

Der Wald und der Fluss hatten Falko fasziniert. Was er zu sehen bekam, unter anderem eine Wasserschlange und viele verschiedene Pflanzen, die er nicht kannte, sowie Häuser und Gaststätten, die direkt am Wasser gebaut waren! Die Wirtsleute einer Gaststätte hatten sie sogar an einem Steg direkt im Boot bedient.

Verschiedene Wasservögel schwammen auf der Spree oder flogen über sie hinweg und verschwanden irgendwo im Wald, durch den sich der Fluss schlängelte. Der Fährmann steuerte das Kanu durch das Wasser und die vielen Schleusen, von deren Funktionsweise Falko begeistert war.

Es war spannend für ihn, wie das Kanu in den Schleusen wie in einem Fahrstuhl mehrere Meter entweder nach oben angehoben oder nach unten abgesenkt wurde, um so die unterschiedlichen Höhen der Wasserstände der Spree auszugleichen. Während der Kanufahrt erzählte der Fährmann viele lustige Geschichten, über die Falko und sein Vater herzhaft lachten.

Richtige Heuschober hatte er gesehen, so etwas kannte der Junge aus Mecklenburg nicht, obwohl es dort bestimmt genug davon gab. Aber Falko hatte nie die Gelegenheit, in den Dörfern seiner heimatlichen Umgebung Hauschober zu sehen. Am Ende der Fahrt stiegen sie in Lehde aus dem Kanu und der Vater ging mit seinem Sohn in ein Hotel, in dem sie übernachteten. Noch im Sonnenschein besichtigten sie das malerisch schöne Dorf, das so idyllisch mitten im Wald an der Spree lag.

Am Abend spazierten sie während der Dämmerung durch das Dorf, und als die Sonne sich anschickte, unterzugehen, spazierten sie tief in den Wald hinein. Der Vater zeigte seinem Jungen Insekten, die in der werdenden Dunkelheit aktiv wurden. Doch am nächsten Tag vergaß Falko die merkwürdigen Namen dieser Tierchen schon wieder. Aber an die Glühwürmchen erinnerte er sich noch nach Jahren. Es war für ihn ein Rätsel, wie die es schafften, in der Dämmerung zu leuchten.

Am nächsten Tag fuhren sie mit dem Kanu und später mit dem Auto zurück nach Berlin. Am späten Nachmittag musste Falko mit dem Zug nach Hause fahren. Nun saß er in einem Waggon, war traurig und fühlte sich allein gelassen. Traurig war er, weil er sich nicht traute, mit seinem Vater darüber zu sprechen, was ihn zurzeit so sehr bewegte. Er hatte Angst, dass auch sein Vater ähnlich wie die Mutter reagierte. Falko war verunsichert und fühlte sich nicht wohl. Als der Zug in Rostock an einem Bahnsteig des Hauptbahnhofes anhielt, musste er umsteigen. Bis nach Hause brauchte er noch etwa eine halbe Stunde.

Wie die Mutter ihn wohl empfangen werde? Seit er sich bei ihr geoutet hatte, behandelte sie ihn mit Abscheu und Ablehnung. Sie beschimpfte ihn regelmäßig und manchmal versetzte sie ihm sogar eine Ohrfeige, ohne dass er wusste, warum er bestraft wurde. Falko war unglücklich und kehrte nur ungern zu seiner Mutter zurück.

Am liebsten wäre er bei seinem Vater geblieben, der ihn stets sehr liebevoll behandelte und aufmerksam war, um die Wünsche und Bedürfnisse seines Sohnes zu erfahren. Herr Maaß hatte bemerkt, dass Falko Sorgen hatte, und fragte ihn danach. Aber der Junge brachte nicht den Mut auf, seinem Vater sein für ihn unlösbares Problem anzuvertrauen. Er befürchtete, auch die Liebe seines Vaters zu verlieren. Dann wäre er tatsächlich so allein, wie er sich in diesem Moment fühlte.

Als Falko in Rostock den Waggon verließ und zu seinem Anschlusszug ging, erblickte er einen Jungen, der in seinem Alter sein musste. Für ihn war der Junge sehr schön und um ihn genau betrachten zu können, hatte er genug Zeit. Er fühlte sich zu ihm hingezogen. Das Wasser lief ihm im Mund zusammen. Unbemerkt von den anderen Mitreisenden sah Falko dem Jungen auf den Po. In seinem Bauch begann es, zu kribbeln. Falko stellte sich den Jungen nackt vor, obwohl er das nicht wollte. Seine Gedanken machten, was sie wollten.

In der Lendengegend verspürte er ein Gefühl, wie er es bisher noch nicht erlebt hatte, außer neulich im Flussbad, als er Frank über seinen geschundenen Po streichelte. Er war verwirrt und wünschte sich, mit jemandem darüber reden zu können.

Jetzt bereute er, nicht mit seinem Vater gesprochen zu haben. Trotzdem war er gleichzeitig darüber froh.

„Wer weiß", dachte er, „wie Papa darauf reagiert hätte! Vielleicht ist es besser so. Es reicht schon, wenn Mutti von mir enttäuscht ist." Gleichzeitig hasste sich Falko für seine Gefühle. Er glaubte, abartig zu sein.

Falko bummelte durch die Kleinstadt, die am Sonntagabend fast menschenleer war und wie tot wirkte. Im Gegensatz dazu pulsierte in Berlin das Leben, egal, welche Stunde die Uhr anzeigte.

Alles in ihm sträubte sich, zu seiner Mutter zurückzukehren. Viel lieber wäre er bei seinem Vater in Berlin geblieben, aber schweren Herzens akzeptierte er, dass es für ihn keine Möglichkeit gab, bei seinem Vater leben zu können.

Als er seiner Mutter gegenüberstand, wollte sie wissen, was er mit seinem Vater erlebt hatte. Alles erzählte er ihr nicht.

Sie befanden sich in der Küche. Frau Blechschmidt sah ihren Sohn an und stellte fest, dass er seinem Vater immer ähnlicher wurde. Hassgefühle kamen in ihr für ihren ehemaligen Mann, aber auch für ihr Kind auf. Sie fragte sich, ob Maaß wohl wusste, dass sein Sohn schwul war. „Und hast du es ihm gesagt?" Sie hatte einen barschen Ton.

Er verstand die Frage seiner Mutter nicht sofort. „Was soll ich Papa gesagt haben?" Falko war auf dem Weg zum Kühlschrank. Durst quälte ihn, und er wollte ein Glas Milch trinken.

„Dass du schwul bist!" Die Mutter versuchte nicht, ihren Hass auf Falko zu unterdrücken. Im Gegenteil zeigte sie sehr deutlich, dass sie ihn nicht bei sich haben wollte.

Mitten in der Bewegung erstarrte das Kind tief betroffen. Sein Kopf senkte sich auf seine Brust. Der Arm, der sich zur Tür des Kühlschrankes ausgestreckt hatte, blieb abrupt in der Luft stehen. Tränen schossen ihm in die Augen. Er drehte sich um, verließ traurig die Küche und ging in sein Zimmer, ohne seiner Mutter eine Antwort zu geben.

Die rief ihm böse hinterher: „Da musst du jetzt nicht beleidigt sein! Dass du schwul bist, sieht man doch. Du selbst hast es mir erzählt!"

In seinem Zimmer warf sich Falko auf sein Bett. Er nahm die Fernbedienung seiner Hi-Fi-Anlage in die Hand und schaltete sie ein. Laute Musik erfüllte das Zimmer. Dann drehte er sich auf den Bauch und legte die Arme über seinen Kopf, den er darin vergrub. Er weinte und fühlte sich von allen Menschen verlassen. Er sehnte sich nach seinem Vater. Aber nie durfte dieser erfahren, dass er auf Jungen stand. Sonst könnte sein Papa ihn vielleicht genauso hassen, wie das seine Mutter tat.

Falko sehnte sich danach, jemanden kennenzulernen, der ähnlich fühlte wie er selbst. Aber wo sollte er so einen Jungen finden? Noch besser wäre es, wenn er einen erwachsenen Mann fand, der ihm helfen konnte, schwul zu leben. Denn dass er schwul war, daran zweifelte Falko nicht mehr. Aber er konnte sich nicht vorstellen, wie er damit leben sollte. Ob er jemals solch einen Mann kennenlernen sollte?

Falko war voller Zweifel. Er wollte nicht schwul sein und fühlte sich einsam. Sein Vater war für ihn nicht erreichbar. Der lebte und arbeitete in Berlin und konnte die Stadt nicht verlassen. Seine Mutter liebte ihn nicht, das spürte Falko mit jedem Tag mehr. Mit einem Lehrer darüber zu sprechen, diesem zu erzählen, dass und aus welchem Grund es ihm nicht gut ging, traute er sich nicht. Falko fühlte sich allein und er glaubte, dass es immer so bleiben würde.

Er war froh, dass er am nächsten Morgen zur Schule gehen konnte. Im Unterricht wurde er von seinen quälenden Gedanken abgelenkt. Und vielleicht ergab sich doch eine

Gelegenheit, mit Frank oder Jörg zu reden, obwohl ... Aber sie hatten genug eigene Probleme! Nein, das konnte er nicht tun!

*****

Frau Blechschmidt saß in der Küche. Missmutig zündete sie sich eine Zigarette an. Sie dachte nicht daran, ihrem Sohn etwas zum Abendbrot anzubieten. Wenn er essen wollte, sollte er sich selbst etwas zubereiten. Eine schwule Sau musste sie nicht versorgen.

Wenn der Bengel doch bloß bald weg wäre! Der sollte sich nicht unterstehen, in ihre Wohnung andere schwule Bengel mit anzuschleppen. Wehe, wenn sie ihn mit einem Bengel im Bett erwischen sollte, dann wollte sie ihn dafür hart bestrafen. Im Grunde konnte er doch auch schon jetzt verschwinden! Und überhaupt: Was wollte der schwule Bursche noch hier bei ihr? Keinen Finger mehr wollte sie für ihn krumm machen. Im Gegenteil wollte sie dafür sorgen, dass die schwule Sau bald verschwand. Alle Mittel, um dieses Ziel zu erreichen, sollten ihr recht sein. In ihrem Kopf reifte ein perfider Plan!

*****

Jörg hatte liebevolle Eltern. Sie unterstützten ihn, wo sie nur konnten. Sein Vater sorgte dafür, dass er stets genug Bewegung hatte und abends müde ins Bett fiel. Wie schon erwähnt, hatte er seinen Sohn im Fußballverein untergebracht. Oft spielte Herr Ansorge selbst mit ihm Fußball. Jörg war trotz seiner vierzehn Jahre dem Vater ein ernst zu nehmender Gegner geworden. Technisch hatte der Junge ihm gegenüber viel an Boden gutgemacht und schneller laufen als der in die Jahre gekommene Vater konnte der Sohn auch.

Jörgs Vater war vierundvierzig Jahre alt. Er spielte noch aktiv in der Mannschaft der über Vierzigjährigen. Oft bekam er eine Einladung, in den Punktspielen der ersten Männermannschaft seines Vereins mitzuspielen, weil viele der jüngeren Spieler aufgrund von Verletzungen und aus beruflichen Gründen oft an den Wochenenden ausfielen. Die Schnelligkeit der jungen Leute konnte er mit seinen vielen Erfahrungen ausgleichen. Seine gute Technik und seine Übersicht im Spiel waren ein weiterer Grund dafür, dass der Trainer der ersten Mannschaft nicht auf Jörgs Vater verzichten wollte und konnte. Der alte Leitwolf war für die jungen Welpen im Spiel Gold wert.

Jörgs Vater Wolfram Ansorge freute sich über jedes Spiel, in dem er die jungen Männer unterstützen konnte. Vor allem freute er sich darüber, dass seine Leistungen immer noch gut genug waren, um sich in der ersten Mannschaft mit Männern messen zu können, die teilweise über zwanzig Jahre jünger waren als er selbst. Immer noch war er diesen jungen Burschen, trotz seines Alters, ebenbürtig, oft sogar überlegen.

Sein größter Wunsch war es, einmal mit seinem Sohn in der ersten Männermannschaft gemeinsam Fußball zu spielen. Aus seiner jetzigen Sicht war das vielleicht möglich. Wenn Jörg achtzehn Jahre alt wurde, war er bereits achtundvierzig. In einem Punktspiel sollten sie dann nicht mehr in einer Mannschaft zusammenspielen. Aber in einem Freundschaftsspiel sollte das möglich sein. Immerhin hatte Herr Ansorge in seinen besten Jahren in der Regionalliga gespielt.

Wenn er an Jörg dachte, traute er ihm zu, einmal in der Bundesliga spielen zu können. Aber wenn der Junge das schaffen sollte, musste er in Kürze in einen hochklassigen

Verein delegiert werden. Andernfalls wäre Jörg für so ein Unternehmen beinahe zu alt.

Hansa Rostock war derzeit nicht der beste Bundesligaverein, aber für Jörg eine lohnende Möglichkeit, ihn als Sprungbrett für eine Karriere im bezahlten Fußball zu nutzen. Jedoch musste er dann in absehbarer Zeit zu Hansa delegiert werden. Das sollte für den Jungen eine lohnende Aufgabe sein.

Die logische Schlussfolgerung daraus aber war, dass Herr Ansorge nie mit seinem Sohn auch nur ein einziges Spiel gemeinsam bestreiten konnte. Wenn das der Preis dafür sein sollte, dass der Junge einmal in der Bundesliga spielte, egal, ob in der Ersten oder Zweiten Liga, wollte Wolfram Ansorge ihn gerne bezahlen. Sein Sohn war ihm der liebste Mensch auf dieser Welt; wenn es notwendig war, wollte er für ihn auf alles verzichten.

Nach dem Training wurde Wolfram Ansorge auf dem Sportplatz von Herrn Wartmann, Jörgs Trainer, angesprochen: „Sag mal, Wolfram, hast du etwas Zeit? Ich muss mit dir reden."

„Worum geht es denn?"

„Um dich und deinen Jungen."Herr Wartmann war wie immer direkt.

Herr Ansorge hatte vor wenigen Augenblicken das Training beendet und kam vom Fußballplatz zurück. Er war durchgeschwitzt und mit seinen Kräften beinahe am Ende. Das Training nutzte er gerne, um seinen Körper fit zu halten. Er war den jungen Spielern stets ein Vorbild.

Gab es im Verein Probleme, war seine Meinung gefragt. In der Vereinsleitung arbeitete er nicht mit, aber er hatte in der Vergangenheit viele gute Hinweise zur weiteren Gestaltung des Vereinslebens gegeben. Auf Wolfram Ansorge und seine Erfahrungen konnte man im Verein bauen. Er setzte sich für die Mannschaften ein und redete nicht nur um den heißen Brei herum, wie viele andere es taten. Diskutiert wurde zu jeder Zeit viel, aber die wenigsten Mitglieder des Vereines ließen Taten folgen. Herr Ansorge war anders. Er stellte seine Erfahrungen dem Verein nach seinen Möglichkeiten zur Verfügung. Er redete nicht nur, sondern handelte auch. Ebenso hielt er es in seiner kleinen Familie. Er ging seinem Sohn als gutes Vorbild voran.

„Dann warte bitte einen kleinen Moment, ich hole mir etwas zu trinken", erwiderte Herr Ansorge und verschwand in der Vereinsgaststätte. Nach fünf Minuten kam er mit zwei Flaschen Bier zu Wartmann zurück. Eine Flasche davon gab er ihm und bevor sie tranken, stießen sie miteinander an.

Danach setzten sie sich auf eine der zahlreichen Bänke, die vor der Vereinsgaststätte und den Umkleideräumen standen.

„Ich bin ganz Ohr", sagte Herr Ansorge.

Wartmann fragte: „Du redest oft mit Jörg über sein Spiel, wenn du uns zugesehen hast?"

„Ja, natürlich tue ich das, das macht wohl jeder Vater so."

„Dabei gibst du ihm Ratschläge, wie er sein Spiel verbessern kann."

„Selbstverständlich."

„Aber manchmal verwirrst du den Jungen. Du gibst ihm Hinweise zu seinem Spiel, obwohl du nicht weißt, was ich ihm für eine Aufgabe übertragen habe. Selbstverständlich will er umsetzen, was du ihm erklärst. Aber ich bin sein Trainer und gebe ihm vor dem Spiel eine Aufgabe und möchte, dass er sie erfüllt.

Nach dem Spiel kommst du und sagst ihm, was er falsch gemacht hat. Das finde ich gut, wenn es um seine Technik und Ballbehandlung geht, oder auch, wenn es darum geht, dass du ihm bestimmte Spielsituationen erklärst und er versteht, was er besser machen kann. Aber wenn du ihm mit taktischen Dingen kommst, ohne dass du meine taktischen Vorgaben für das Spiel kennst, finde ich das nicht in Ordnung. Damit verwirrst du Jörg.

Wenn ich von ihm Defensivaufgaben verlange, kannst du nicht von ihm das Gegenteil fordern. Du behauptest, er hat schlecht gespielt, und ich lobe ihn für seine Leistung. Das geht nicht. Wenn du mit Jörg über sein Spiel reden willst, begrüße ich das, aber mische dich bitte nicht in meine Aufgaben ein. Nur dann kannst du ihm wirklich helfen, sein eigenes Spiel zu verbessern. Die Spielauswertung muss ich schon allein mit den Jungs erledigen."

Herr Ansorge verstand, was Jörgs Trainer meinte. „Du hast recht, daran hatte ich nicht gedacht. Ich bin eben auch nur ein fußballverrückter Vater. In Zukunft werde ich das beherzigen. Danke für deine Kritik."

*****

Jörgs Mutter war eine gebildete Frau. Sie arbeitete als Chefsekretärin in einer größeren Firma in Rostock.

Oft machte sie für die entsprechende Bezahlung Überstunden. Also musste sie sich ihre Freizeit wohlüberlegt einteilen. Viele Aufgaben im Haushalt wollten erledigt werden.

Ihr Mann arbeitete wie sie in Vollzeit und verbrachte seine Freizeit drei bis vier Mal in der Woche auf dem Fußballplatz. Beim Fußballtraining war er zwar dem gemeinsamen Sohn nahe, aber dem Haushalt fern.

Am Wochenende musste Frau Ansorge in der Regel nicht arbeiten. Also erledigte sie den größten Teil der Hausarbeit am Sonnabendvormittag, weil in der Woche aufgrund der Überstunden zu viel davon liegen geblieben war.

Sie hatte zu ihrem Sohn Jörg ein gutes Verhältnis, da sie für ihn viel Verständnis aufbrachte. In letzter Zeit war er viel unterwegs, sodass sie ihn kaum noch zu sehen bekam. Der Junge war in der Pubertät und wollte seine eigenen Wege gehen. Das stellte Frau Ansorge und ihren Mann vor einige Probleme. Zudem litt Jörg an ADHS, das ihm oft seine innere Ruhe raubte.

Es fiel Frau Ansorge und ihrem Mann nicht immer leicht, zu unterscheiden, ob Jörg gerade frech oder unbeherrscht war oder es an seiner Krankheit lag, die ihn manchmal zu unbesonnenem Handeln oder ebensolchen Bemerkungen veranlasste. Sie versuchte in solchen Situationen, Jörg mit all ihrer Liebe, die sie für ihn empfand, zu begegnen. Trotzdem brauchte er eine konsequente erziehende Hand, davon war sie überzeugt.

Aber Jörg machte es seinen Eltern leicht. Er hatte es gut bei ihnen und wusste, dass sie für ihn nur das Beste wollten. Gerne befolgte er die Anweisungen seiner Eltern. Auch wenn es ihm manchmal schwerfiel, sie zu verstehen.

*****

Ralf war völlig außer sich. Er erzählte der Mutter, dass ihr Mann Frank schon wieder geschlagen hatte. Frau Wolf war dabei, im Wohnzimmer Staub von den Möbeln zu wischen. Jetzt stand sie wie erstarrt an einem Bücherregal und seufzte. Ralf wollte sie fragen, ob mit ihr alles in Ordnung sei, als sie sich umdrehte und zum Sessel ging, der am Wohnzimmertisch stand. Sie setzte sich nicht darauf, sondern sank kraftlos auf ihn nieder.

Im nächsten Augenblick schluchzte sie laut auf, danach klagte sie mit tränenerstickter Stimme: „Was soll ich denn machen? Wenn ich mit ihm darüber spreche, blockt er ab. Er meint, ihr seid zu frech und unerzogen. Ihr müsst aber auch euren Pflichten nachkommen. Wenn ich mit ihm rede, ist er wieder böse mit mir. Ihr müsst euch auch vorsehen und ihn nicht provozieren."

Zu gerne wollte Frau Wolf ihren Kindern helfen. Aber sie liebte ihren Mann immer noch, denn finanziell sorgte er für sie und die Kinder.

Seit Wolf bei ihr wohnte, hatte sie keine Geldsorgen mehr. Die Kinder hatten schöne Sachen zum Anziehen, die monatlichen Ausgaben für die Miete und Energiekosten konnte sie pünktlich bezahlen. Es war stets genug Geld im Haus, sodass sie den Kindern eine abwechslungsreiche und gesunde Ernährung bieten konnte.

Gut, Wolf trank etwas, aber das tolerierte sie. Jedoch wollte sie nicht akzeptieren, dass er die Kinder manchmal schlug. Aber verhindern konnte sie das leider nicht. Alles das sagte sie ihrem Großen unter Tränen.

Ralf stand vor ihr. Er war verunsichert und wollte seine Mutter nicht traurig machen und doch war das eingetreten. Aber jemand musste doch Frank helfen! Wer sollte es tun, wenn nicht die Mutter?

Auch Ralf wurde geschlagen, aber er war in der Lage, sich zu wehren. Das glaubte der Siebzehnjährige wenigstens. Dabei vergaß er, dass Wolf ein bärenstarker Mann war, und wenn der ihn tatsächlich verhauen wollte, hatte auch Ralf gegen ihn keine Chance. Jedoch wollte Ralf sich Wolff nicht wehrlos ausliefern.

Bei Frank sah das anders aus. Er war erst vierzehn Jahre alt. Wie sollte er sich gegen Wolf wehren können? Er war noch ein Kind! Ralf wurde zornig. Er verstand seine Mutter nicht. Auch er war verzweifelt. Er liebte seinen kleinen Bruder und konnte es nicht ertragen, wenn Wolf ihn für nichts oder für Kleinigkeiten bestrafte. Der Kleine hatte keine Möglichkeit, sich gegen den Hünen zu wehren!

„Du weißt, dass er uns schlägt! Ich kann mich wehren, aber unser Kleiner nicht, er ist dem Wolf hilflos ausgeliefert! Der schlägt ihn eines Tages noch tot und du guckst zu und lässt den Idioten machen!", mit jedem weiteren Wort redete sich der Jugendliche in Wut und Rage. In seiner Verzweiflung setzte er noch einen drauf: „Ich verabscheue dich, du verhältst dich nicht wie eine Mutter, sondern wie ein verängstigtes Kind. Schau dir Frank an! Sieh dir an, was dein Mann mit ihm gemacht hat!"

Den Zornestränen nahe, stürmte er aus dem Zimmer. In diesem Haus hielt er es nicht mehr länger aus.

Er lief, so schnell er konnte, nach draußen, setzte sich auf sein Fahrrad und radelte davon. Ohne Ziel und nicht als Teil dieser Welt fuhr er drauflos und trat kräftig in die Pedalen. Dabei kamen ihm die Tränen und er musste bitterlich weinen. Nur verschwommen erkannte er seine Umwelt. Wut und Schuldgefühle paarten sich in seiner Brust. Er hatte seiner Mutter ungewollt wehgetan. Aber wie konnte sie zusehen, wenn ihr kleiner Sohn von ihrem Mann gequält wurde? Dabei war Frank so tapfer! Er versteckte vor seiner Mutter den Schmerz, den er erlitt. Deshalb musste Ralf seiner Mutter endlich reinen Wein einschenken. Irgendetwas musste sie tun. An diesen Zuständen konnte Frank eines Tages zerbrechen.

Als er sich beruhigt hatte und seine Tränen versiegten, sah er sich überrascht um. Ralf befand sich im Wald an einem kleinen Bach. Er erinnerte sich nicht, wie er dorthin kam. Als er auf seinem Handy die Zeit kontrollierte, stellte er fest, dass er über eine Stunde unterwegs und am Ende seiner Kräfte war. Verständnislos zuckte er mit den Schultern. Wie kam er, ohne es zu bemerken, an diesen Ort?

*****

Als Ralf das Haus verließ, war Frau Wolf ein seelisches Wrack. Sie weinte hemmungslos. War sie denn tatsächlich so eine schlechte Mutter? Sie musste mit Erwin reden. Das sah sie ein. Es musste bald sein. Auch das sah sie ein. Aber was sollte sie ihm sagen? Wenn sie ihn bat, die Kinder nicht zu schlagen, lachte er sie aus und meinte, dass die Kinder nichts zu befürchten hätten, wenn sie brav seien und sich wie normale Menschen verhielten.

Frau Wolf hatte Angst vor ihrem Mann, aber noch mehr Angst hatte sie davor, dass er sie verließ, wenn sie ihm gegenüber allzu fordernd auftrat. Sie verdiente nur wenig Geld, allein konnte sie die Kinder schwer großziehen. Zu gut erinnerte sie sich daran, welche Rechnungen sie aus akutem Geldmangel verspätet bezahlte, bevor sie ihren Erwin kennengelernt hatte. Regelmäßig flatterten ihr Mahnbescheide ins Haus. Das wollte sie nicht noch einmal erleben.

Ohne Erwin mussten ihre Söhne auf die einfachsten Dinge verzichten. An Schulveranstaltungen, an denen sie sich als Mutter finanziell beteiligen musste, konnten die Jungen, wenn sie sich von Wolf trennen musste, nicht mehr teilnehmen. Die Kleidung der beiden wäre schnell verschlissen, sie sahen sich doch nicht vor.

Wenn sie in ihrer Freizeit Fußball spielten, zogen sie sich nicht um, sondern kiekten, wie sie waren in Jeans und normalen Schuhen.

Am Essen musste sie bei einer möglichen Trennung von Wolf ebenso sparen, die Jungen wären ohne Erwin bestimmt nicht bei jeder Mahlzeit satt geworden. Die hatten aber auch einen Appetit!

Und sie selbst? Ja, auch sie musste, sollte Erwin sie tatsächlich einmal verlassen, auf viele Dinge verzichten, die sie so sehr genießen konnte. Aber das wäre ihr noch egal,

Hauptsache war, dass es den Jungen an nichts fehlte. Wenn sie dafür manchmal einen Klaps auf den Hintern bekamen, war das doch nicht so schlimm.

Aber Ralf war vorhin sehr aufgebracht! Wegen ein paar Klapse würde der sich nicht so aufregen. Schon gar nicht hätte er sich deshalb ihr gegenüber danebenbenommen. Eine Strafe hatte der Bengel für seine hässlichen Worte verdient! Seine Mutter so anzugehen und zu beleidigen, das ging nicht!

Als Frank von der Schule nach Hause kam, saß Frau Wolf immer noch in ihrem Sessel und hing ihren traurigen Gedanken nach. Sie wischte sich die Tränen weg und bat ihren jüngeren Sohn zu sich. Sie fragte ihn: „Was war denn mit Papa los?"

Frank wich ihr aus. „Was soll denn gewesen sein? Nichts war los. Warum fragst du?"

„Ziehe dich aus, Frank!"

Der Junge erschrak und stammelte: „Wa …, wa …, warum …, warum das denn?"

„Weil ich es so will." Liebevoll setzte sie hinzu: „Komm zu mir, mein Sohn. Ich will dir doch nichts Böses tun."

Zögerlich ging Frank zu seiner Mutter. Sie nahm ihn in seine Arme und streichelte ihn über seine Haare und gab ihm danach einen Kuss auf die Wange. Von seiner Mutter geküsst werden, mochte Frank schon lange nicht mehr. Das war etwas für kleine Kinder, dachte er und wischte sich mit seiner rechten Hand über die Wange, als wenn er den Kuss wegwischen wollte.

Frau Wolf zog ihrem Jungen das T-Shirt hoch. Sie sah das riesige Hämatom unter seiner Brust. Langsam begann es, zu verblassen, das tiefe Blau ging allmählich in Grün und Gelb über. Ihr tat in der Seele weh, was sie sah. Welche Qualen hatte ihr Junge erlitten? Sie drehte ihn um, sodass

Frank überrascht war und nicht daran dachte, sich gegen die mütterliche Fürsorge zu wehren. Frau Wolf zog ihrem Jungen die Hose herunter und betrachtete für einen kleinen Augenblick seinen geschundenen Po. Unwillkürlich stiegen ihr noch einmal die Tränen in die Augen. Schnell zog sie Frank die Hosen wieder hoch und nahm ihn erneut in ihre Arme. Jetzt verstand sie, warum Ralf so sehr aus der Fassung geraten war. Nein, eine Strafe hatte der Große nicht verdient, wie konnte sie ihn bestrafen, wenn er sich um seinen kleinen Bruder Sorgen machte? Aber beleidigen durfte er seine Mutter deshalb trotzdem nicht. Das wollte sie ihm in einem Gespräch deutlich zu verstehen geben.

„Wer hat dir das angetan?", wollte Frau Wolf von Frank wissen.

Jedoch antwortete der Junge nicht und Frau Wolf fragte weiter: „War es Papa?"

Nun nickte Frank traurig mit dem Kopf. Er wollte die Mutter nicht belügen, obwohl er ihr nichts von der Tortur erzählte, die Wolf ihm angetan hatte.

Er fragte sich, ob Ralf der Mutter erzählt hatte, dass Papa ihn bestrafte. Frank konnte es nicht leugnen, die Bestrafung war sehr heftig gewesen, aber er hätte den Müll sofort herunterbringen können. Papa hatte es ihm zweimal gesagt, dass er es tun sollte. Mehrmals hatte Frank über den Vorfall nachgedacht und mit seinem kindlichen Verstand glaubte er, dass er selbst die Schuld an der Misshandlung trug.

Frau Wolf nahm sich fest vor, mit ihrem Mann darüber zu reden, dass er endlich aufhören musste, die Kinder zu schlagen. So ging es nicht weiter!

Am Abend war es so weit. Wolf kam von der Arbeit nach Hause, begrüßte seine Frau mit einem flüchtigen Kuss und fragte, was es Neues gebe. Frau Wolf nutzte die Gelegenheit, die sich ihr bot, sie war mit ihrem Mann allein und sagte: „Ich muss mit dir über die Kinder reden."

„Haben die schon wieder etwas ausgefressen?"

„Nein, Erwin, das haben sie nicht. Aber ich habe Franks Körper gesehen. Er ist voller blauer Flecken. Das geht nicht. Du darfst die Jungen nicht so schlagen, dass sie blaue Flecken davon bekommen. Und Ralf ist aus dem Alter heraus, dass man bei ihm mit Prügel etwas erreichen könnte."

Wolf überlegte kurz und erwiderte trotzig: „Aus dem Alter ist er noch lange nicht raus. Und Frank hatte seine Tracht verdient."

„Aber du darfst ihn nicht blau schlagen!" Frau Wolf wurde energisch.

Wolf lachte. Danach sagte er: „Das, mein Schatz, musst du schon mir überlassen. Eine Tracht Prügel hat noch niemand geschadet. Wenn er seine Aufgaben erledigt, nicht frech wird und tut, was man ihm sagt, hat er nichts zu befürchten. Wenn er es verdient hat, bestraft zu werden, werde ich das Strafmaß festlegen und nicht er."

„Aber du musst ihn doch nicht so schlagen, dass er sich nicht mehr bewegen kann! Wenn es denn nicht anders gehen sollte, kannst du ihm auf den Po hauen, aber nicht auf die Rippen. Wenn du ihn bestrafen musst, solltest du ihn nicht verletzen. Wenn das jemand sieht, wie Frank aussieht, nur sein Sportlehrer braucht das zu sehen, dann ist hier die Hölle los. Das sollte dir klar sein!" Frau Wolf staunte über ihren Mut. Aber es ging um ihre Kinder. Ihr Mann ließ sich von ihr nicht verbieten, die Kinder zu züchtigen, aber sie wollte wenigstens darauf Einfluss ausüben, dass er sie nicht sinnlos und zu hart schlug.

Aber Wolf interessierte nicht, was seine Frau sagte. Er verließ das Zimmer. Als er die Tür öffnete, drehte er sich noch einmal zu ihr um. „Du kannst labern, was du willst.

Das ist genauso interessant, als wenn in China ein Sack Reis umfällt. Ich tue, was ich für richtig halte. Schließlich profitiert ihr von mir. Auch deine Kinder. Solange sie hier bei uns sind, haben sie zu parieren, sonst bekommen sie Dresche." Lautlos schloss er hinter sich die Tür und verließ die Wohnung.

Frau Wolf saß wie erstarrt auf ihrem Stuhl. Sie ahnte Schlimmes. Was konnte sie tun? Sie fühlte sich machtlos. Auf den Gedanken, sich professionelle Hilfe zu holen oder sich von ihrem Mann zu trennen, kam sie nicht. Ihre Kinder beschützen, konnte sie aber genauso wenig. Sie sollte in Zukunft mit Angst um ihre Kinder zur Arbeit gehen. Leise weinte sie vor sich hin.

*****

Falko ging im nahegelegenen Wald allein spazieren und dachte über sich nach. Er fühlte sich elend. Zum wiederholten Male fragte er sich, warum er sich nicht für Mädchen begeistern konnte. Die meisten Jungen in seinem Alter fanden Mädchen doof. Aber das war etwas anderes. Trotzdem träumten sie von ihnen. Und was die Jungen erzählten, was sie mit den Mädchen in ihren Träumen alles taten! Es war alles sehr verworren.

Falko wollte ebenso wie seine Mitschüler von schönen Mädchen träumen. Aber das passierte nie, so sehr er sich das wünschte. Der Vierzehnjährige fühlte sich einsam. Niemand konnte ihm helfen, seine Ängste zu nehmen. Manchmal glaubte er, allein auf dieser Welt zu sein. Sein Vater wohnte in Berlin, und als er die Gelegenheit hatte, mit ihm darüber zu sprechen, was ihn bewegte, brachte er den Mut dazu nicht auf. Sollte er dem Vater erzählen, dass er sich von hübschen Jungen angezogen fühlte? Er hatte Angst, dass auch sein Vater ihn nicht mehr lieben konnte, wenn dieser davon erfuhr. Schon die Mutter schimpfte ständig mit ihm und machte ihm Vorwürfe. Der Vater sollte das nicht auch noch tun. Das könnte der unglückliche Junge nicht ertragen.

Falko glaubte, dass er der einzige Mensch auf dieser Welt war, der sich zu Jungen hingezogen fühlte. Und doch musste es noch andere Jungen geben, die so fühlten wie er. Nicht umsonst schimpfte die Mutter darüber, dass er es angeblich mit anderen Jungen treibe. Warum musste ausgerechnet ihm so etwas passieren und mit wem konnte er darüber reden? In dieser verdammten Kleinstadt, in der er leben musste, schienen alle Menschen normal zu sein. Nur einer nicht. Und dieser eine Mensch war er selbst. Das glaubte Falko. Er war verzweifelt. Immer wieder stellte er sich die gleichen Fragen und jedes Mal fand er keine Antworten darauf. Er zog sich mehr und mehr von seiner Umwelt zurück und zermarterte sich sein Hirn. Regelmäßigen Kontakt suchte er nur noch zu Frank und Jörg, aber auch mit ihnen hatte er sich früher sehr viel öfter getroffen. Am liebsten ging er allein in den nahegelegenen Wald, dort konnte er die Stille der Natur genießen und niemand konnte ihn beschimpfen oder beleidigen.

Mit Frank, seinem besten Freund, hatte er schon einmal darüber gesprochen, dass er schwul war. Auch mit Jörg hatte er schon darüber geredet, als er mit ihm allein von der Schule nach Hause ging. Aber helfen konnten die beiden ihm nicht. Das Einzige, was er seit diesen Gesprächen wusste, dass er tatsächlich schwul sein musste. Das Wort schwul kannte er zwar, aber war ihm die Bedeutung dieses Wortes bis vor Kurzem nicht bewusst. So lief er grübelnd durch den Wald und vergaß dabei die Zeit und kam zu keinem Ergebnis. Wie hätte er auch zu einem Ergebnis kommen sollen? Er dachte an Frank und mit diesen Gedanken stellte sich in seinem Bauch ein Kribbeln ein. Zunächst war es ein angenehmes Gefühl. Aber dann bekam er Sehnsucht nach dem Freund und wurde traurig. Er fühlte sich so einsam wie noch nie in seinem Leben.

Falko traf erst nach dem Abendbrot zu Hause ein. Seine Mutter empfing ihn mit den Worten: „Na, Bengel, warst du schon wieder bei deinen schwulen Freunden und hast mit ihnen Schweinereien gemacht? Du solltest dich schämen."

Falko war schockiert. Was war das für eine Begrüßung? Seitdem er ihr gesagt hatte, dass er in Frank verliebt war, musste er auf die Liebe seiner Mutter verzichten, die er bis dahin nur selten gespürt und empfangen hatte. Sie schimpfte und beleidigte ihn, wann immer sie die Gelegenheit dazu hatte. In ihre Arme hatte Frau Blechschmidt ihren Sohn seit Langem nicht mehr genommen und einen mütterlichen Kuss bekam er von ihr erst recht nicht mehr. Im Gegenteil spürte er jeden Tag ihren Hass, den sie gegen ihn hegte.

Das war der Grund für sein Schweigen dem Vater gegenüber. Er hatte Angst davor, dass dieser wie seine Mutter reagieren könnte, wenn er ihm erzählte, dass er schwul war. Er dachte an seinen letzten Besuch bei seinem Vater. Der war besonders schön. Vor allem fand er die Glühwürmchen sehr faszinierend. Der Vater legte ihm manchmal einen Arm um die Schulter. Manchmal zog er ihn sogar an sich und nahm ihn in seine Arme. Falko sehnte sich in diesem Moment wie noch nie in seinem bisherigen Leben nach der Liebe seines Vaters. Die Mutter war nur noch gemein zu ihm, hätte er nur nicht zu ihr zurückkehren müssen. Aber sein Zuhause war nun einmal die Wohnung seiner Mutter, aber zuhause fühlte er sich dort nicht mehr.

„Nein, ich war nur allein im Wald. Bitte Mama, kannst du nicht ein bisschen lieb zu mir sein?", fragte er traurig.

„Ich bin doch lieb zu dir, so lieb, wie ich nur kann!"

Resigniert wechselte Falko das Thema. „Mama, darf ich noch Abendbrot essen."

Seine Mutter stellte sich in voller Größe vor ihn auf. Die Arme hatte sie in die Hüften gestemmt, ihr Ton war scharf. „Wenn du zum Abendbrot nicht zuhause bist, gibt es nichts mehr. Du weißt doch genau, wann gegessen wird. Wenn du Hunger hast, musst du zu den Mahlzeiten zuhause sein. Jetzt ist es zu spät. Geh doch zu deinen schwulen Freunden, vielleicht geben die dir noch etwas zu essen. Hast du schon deine Hausaufgaben für die Schule erledigt?"

Falko zog es vor zu schweigen, und ließ die Worte seiner Mutter über sich ergehen. Er hatte keine Kraft, ihr ins Gesicht zu sehen, und antwortete mit hängenden Schultern und auf die Brust gesenktem Kopf. „Die Hausaufgaben habe ich gleich nach der Schule erledigt."

„Dann verschwinde aus meinen Augen, du schwule Sau. Ich will dich heute nicht mehr sehen!"

Falko verließ mit knurrendem Magen und hängendem Kopf die Küche und ging in sein Zimmer. Dort legte er sich mit dem Bauch auf sein Bett. Er nahm wieder die Position ein, die ihm erlaubte, seinen Kopf unter den Armen zu verbergen. Hemmungslos weinte er leise vor sich hin. Warum war seine Mutter immer so böse zu ihm? Tat er nicht alles, was sie von ihm verlangte? Er wollte doch nur ihre Liebe spüren, wie jedes Kind von seiner Mutter geliebt wird. Streng war sie in der Vergangenheit schon immer zu ihm gewesen, aber noch nie so herzlos wie in den letzten Wochen.

In seinem Kopf festigte sich der Gedanke, dass er nicht liebenswert war und es niemals einen Menschen auf dieser Welt geben sollte, der ihn eines Tages lieben konnte. „Nur Papa liebt mich, aber der ist leider nicht da. Er hat keine

Zeit für mich", dachte er. Seine Einsamkeit wurde in diesem Augenblick noch größer, als sie ohnehin schon war und sie wurde für ihn unerträglich. Falko war davon überzeugt, dass es ein Fluch war, schwul zu sein.

*****

Das Training endete. Jörg sammelte die Bälle in einem Netz zusammen und brachte sie zum Platzwart zurück. Danach wartete er auf seinen Vater, der mit Herrn Wartmann vor der Vereinsgaststätte saß und ein Bier trank. Sie unterhielten sich. Der Junge war neugierig, er glaubte, dass sie sich über Fußball unterhielten, und ging zu den beiden Männern hin. Sein Vater sagte, er solle sich aus der Gaststätte etwas zu trinken holen und ihn mit dem Trainer einen Moment allein lassen. Sie wollten später miteinander reden.

Jörg gehorchte und schlenderte in die Selbstbedienungsgaststätte des Vereins. Vor dem Tresen standen mindestens zehn Männer in einer Schlange und wollten sich vom Wirt etwas zu essen oder trinken geben lassen. Jörg stellte sich auf eine längere Wartezeit ein und postierte sich an das Ende dieser Schlange. Danach drehte er sich um und sah in den Raum hinein. Dabei drehte er sich gedankenverloren mehrmals um seine eigene Achse.

Niemand sonst von seinen Mannschaftskameraden hielt sich in der Gaststätte auf. Bestimmt waren sie schon alle nach Hause gegangen. Die Abendbrotzeit hatte längst begonnen. Das Stillstehen fiel dem Jungen schwer. Seine Beine bewegten sich unaufhörlich, er trat von einem Bein auf das andere oder drehte sich im Halbkreis hin und her. Alle Anwesenden in der Gaststätte kannten den Jungen, der nicht stillstehen konnte, wenn auch aus unterschiedlichen Gründen, aber in einem Punkt waren sie sich alle einig: Jörg war ein liebenswerter und gut erzogener Junge, der eben einen besonders großen Bewegungsdrang hatte. Mehrmals wurde er darauf auf liebevolle Weise von den Leuten auf dem Sportplatz angesprochen. Auch jetzt drehte sich der vor ihm stehende Mann zu ihm um. Freundlich fragte er: „Na, Jörg, kannst du wieder einmal nicht stillstehen?"

Jörg lächelte den Mann unsicher und verlegen an. „Ich kann leider nichts dafür. Meine Beine machen, was sie wollen. Ich will hier eigentlich nur stehen und warten, bis ich an der Reihe bin. Papa hat gesagt, ich soll mir etwas zu trinken holen."

„Ist schon gut, Junge, wir wissen es doch, dass dir das Stillstehen schwerfällt. Aber manchmal kannst du einen damit nervös machen. Hat schon mal jemand mit dir deswegen geschimpft?"

„Ständig schimpfen mich Leute aus, obwohl sie mich gar nicht kennen. Als wenn ich freiwillig immer herumhampeln würde. Ich bemerke es oft gar nicht."

Der Wirt fragte den Mann nach seinen Wünschen, deshalb beendeten sie das Gespräch. Danach war Jörg an der Reihe.

Als Jörg die Gaststätte verließ, sah er, dass Herr Wartmann, der neben Jörgs Vater saß, aufstand. Die Männer gaben sich zum Abschied die Hand. Danach kam sein Trainer ihm entgegen. Beim Vorbeigehen streichelte der dem Jungen über die Haare und verabschiedete sich von ihm. Daraufhin ging Jörg zu seinem Vater und setzte sich neben ihn. Er trank einen großen Schluck Limonade. Herr Ansorge fragte etwas verlegen: „Sage mal, mein Sohn, habe ich dich schon jemals verwirrt, wenn ich mit dir nach einem Spiel über deine Leistungen gesprochen habe?"

Jörg sah seinem Vater in die Augen und antwortete: „Wie kommst du darauf? Hat Herr Wartmann deshalb mit dir gesprochen?"

„Er ist der Meinung, dass ich dich manchmal verwirre, wenn ich dir sage, dass du in einer bestimmten Situation des Spieles anders reagieren solltest. Er meint, dass ich seine taktischen Vorgaben nicht kenne und dir dann manchmal genau das Gegenteil von dem sage, was er von dir verlangt. Stimmt das?"

Jörg überlegte kurz und schabte mit seinen Füßen auf der Tatarenbahn umher, die um den Fußballplatz herum verlief. Herr Ansorge legte Jörg seine linke Hand beruhigend auf dessen rechten Oberschenkel. Der Junge spürte die Wärme der väterlichen Hand. Er hörte seinen Vater fragen: „Ist es heute wieder so schlimm?"

„Papa, ich kann nicht einmal stillstehen. Dabei will ich gar nicht immer umherzappeln", sagte er etwas traurig, aber seine Miene hellte sich gleich wieder auf, als er die zweite Frage seines Vaters beantwortete: „Na, ja, ich weiß ja, dass du mir mit deinen Ratschlägen nur helfen möchtest. Ich finde das auch gut und freue mich, wenn du zu unseren Spielen mitkommst. Weil du selbst einmal ein richtig guter Fußballer warst, lege ich schon viel Wert auf deine Meinung. Aber Herr Wartmann sagt manchmal tatsächlich etwas anderes. Beim Spiel ist es mir egal, da spiele ich so, wie ich das will. Der Trainer ist meistens mit mir zufrieden." Jörg machte eine kleine Pause und rief danach aufgeregt aus: „Papa, ich will nicht auf deine Meinung verzichten. Auch wenn du mich manchmal etwas verwirrst, aber ich lerne doch aus unseren Gesprächen. Weißt du, unser Trainer ist schon okay, aber lieber wäre es mir, wenn du uns trainieren würdest. Herr Wartmann ist bestimmt ein guter Trainer, aber du kannst mir viel besser als er erklären, was ich falsch mache. Bei dir weiß ich, was du meinst. Herrn Wartmann verstehe ich manchmal nicht." Die letzten Worte sagte Jörg etwas leiser.

„Bist du mit deinem Trainer unzufrieden?"

„Ich weiß nicht, Papa, eigentlich ist er in Ordnung." Nach kurzem Überlegen meinte Jörg: „Nein, ich glaube, es ist gut, wie es ist. Herr Wartmann ist ein guter Trainer!"

Herr Ansorge legte seinem Sohn seinen linken Arm um die Schulter und drückte ihn an sich. Dann sagte er: „Na, los, komm, wir kicken noch ein bisschen und dann gehen wir duschen. Okay?"

Das ließ sich Jörg nicht zweimal sagen. Er sprang von der Bank auf, nahm einen der vor ihm liegenden Bälle, die noch von dem Training der letzten Mannschaft dort herumlagen, mit dem Fuß auf und jonglierte ihn drei, vier Mal, bis sein Vater ebenfalls von der Bank aufstand. Dann schoss er das runde Leder sanft durch die Luft seinem Vater entgegen, der es noch in der Luft annahm und damit weiter jonglierte. Sie spielten sich den Ball mehrmals zu und gingen dabei auf das Spielfeld, hin zum unbewachten Tor, in das Jörg den Ball hineinschoss. Er lief hinter dem Sportgerät hinterher, und als er sein Ziel erreicht hatte, passte er den Ball mit dem linken Fuß zu seinem Vater zurück. Danach ging der Junge ins Tor und versuchte, die Schüsse seines Vaters zu parieren, später wechselten sie ihre Position und Jörg schoss auf das Tor.

Mehrmals musste Herr Ansorge den Ball hinter sich aus dem Netz holen, lobte seinen Jungen und es ging mit ihrem Spiel weiter. Vater und Sohn hatten dabei viel Spaß.

Schnell fanden sich Zuschauer ein, die beobachteten, wie Herr Ansorge seinen Sohn trainierte, ohne dass dieser das bemerkte. Jörg freute sich dabei, dass sein Vater mit ihm

Fußball spielte. Er registrierte gar nicht, dass der ihn forderte und seine Übungen immer schwerer wurden.

Bereitwillig tat er alles, was sein Herr Papa von ihm verlangte. Dabei lachte dieser viel und erklärte seinem Sohn freundlich dessen Fehler. Gelang dem Jungen die Übung, die ihm sein Vater beibrachte, freuten sie sich beide, lachten sich gegenseitig an und Jörgs Freude wurde durch das Lob des Vaters noch vergrößert.

Nach fast einer Stunde sagte Herr Ansorge: „So, mein Junge, nun reicht es aber. Es ist schon spät. Wir gehen duschen und dann geht es ab nach Hause."

Jörg war zufrieden und lächelte seinen Vater an. „Das hat heute richtig Spaß gemacht." Ein letztes Mal an diesem Tag schoss Jörg den Ball zu seinem Vater, der ihn gekonnt annahm und ihn in die Hand springen ließ. Danach liefen Vater und Sohn aufeinander zu und Herr Ansorge legte seinem Sohn einen Arm um die Schulter. So gingen sie in das Vereinshaus in die Umkleidekabine.

Als sie unter der Dusche standen, fragte Jörg: „Papa, darf ich dich etwas fragen?"

Herr Ansorge bemerkte am Tonfall seines Sohnes, dass ihm seine Frage sehr wichtig war, und antwortete: „Natürlich, du kannst mich alles fragen, was du willst. Ich bin doch dein Vater!"

Jörg suchte nach den richtigen Worten. „Du, Papa, ist es möglich, dass sich ein Junge in einen anderen Jungen verlieben kann?"

Mit dieser Frage hatte Herr Ansorge nicht gerechnet. Er war überrascht und zur gleichen Zeit schockiert. Doch ließ er sich das nicht anmerken.

Zunächst glaubte er, dass Jörg sich in einen Jungen verliebt habe und fragte: „Hast du dich denn in einen Jungen verliebt?" Dabei dachte er: „Aber der Junge ist doch erst vierzehn! Aber wenn es so sein sollte, werde ich es akzeptieren."

Jörg seifte sich mit Duschgel ein und lachte. „Nein Papa, ich nicht, das ist mir noch zu früh. Und wenn ich mich verliebe, wird es bestimmt ein Mädchen sein."

Herr Ansorge war erleichtert und hörte seinem Sohn weiter zu.

„Nein, Papa, ich meine Falko. So, wie er sich Frank gegenüber verhält, glaube ich, dass er in ihn verliebt ist. Er hat mit mir einmal darüber gesprochen, dass er Frank mag, und neulich im Flussbad hatte er ihn sogar gestreichelt. Wenn er Frank ansieht, dann hat er immer so einen komischen Gesichtsausdruck, als wenn er in ihn verliebt ist."

„Das kann schon sein", sagte Herr Ansorge nachdenklich, „aber darüber sollten wir uns zu Hause in Ruhe unterhalten. Das ist kein Thema für den Fußballplatz. Los dreh dich um!" Herr Ansorge wusch seinem Sohn den Rücken und gab ihm einen freundlichen Klaps auf den Po. „Und nun dusch dich ab, es wird Zeit, dass wir nach Hause kommen. Mir scheint, dass wir zuhause ein etwas längeres Gespräch haben werden. Wichtig ist nur, dass du zu deinen Freunden stehst. Wenn es stimmt, was du sagst, dann braucht Falko gute Freunde."

Die Klassenfahrt

Herr Anders stand vor seiner Klasse. Laut Stundenplan sollte eine Geschichtsstunde stattfinden. Da der Lehrer im Unterricht mit seinem Stoff gut vorankam, konnte er diese Stunde nutzen, um organisatorische Dinge mit seinen Schülern zu besprechen. Er wollte mit ihnen nach Sachsen fahren, um seiner Klasse das Leben und Wirken des Sachsenkönigs August des Starken näher zu bringen. Nachdem Herr Anders seine Schüler begrüßt hatte, sagte er: „Wir haben in letzter Zeit gut gearbeitet und können etwas Abwechslung gut gebrauchen. Ich dachte, dass ihr im Rahmen einer Klassenfahrt etwas kennenlernen solltet, was für euch von Interesse sein kann. Außerdem können wir historische Stätten besichtigen und das in einer der reizvollsten Landschaften Deutschlands. Ich habe vor, mit euch nach Dresden zu fahren. Dort werden wir in einer Jugendherberge wohnen und den Spuren von August dem Starken folgen. Dabei werden wir durch wunderschöne Wälder wandern und die Festung Königstein besuchen, natürlich auch den Dresdner Zwinger, die Frauenkirche sowie die Bastei."

Herr Anders machte eine kleine Pause, um seine Worte auf die Schüler wirken zu lassen. Dresden kannten sie alle, den Zwinger sicherlich ebenso. Die Frauenkirche wurde im Zweiten Weltkrieg zerstört und erst von 1996 bis 2005 wieder aufgebaut. Eine interessante Kirche, die auch im Leben August des Starken eine große Rolle spielte. Sicherlich kannten die Schüler die Frauenkirche ebenso, wurde doch sehr viel in den Medien über ihren Wiederaufbau berichtet. Die Festung Königstein war eine bekannte historische Stätte, aber nicht jeder Schüler konnte sie kennen. Das Gleiche traf zweifelsfrei auf die Bastei zu.

Falko war der Erste, der sich meldete: „Wann wollen wir denn nach Dresden fahren und wie viel kostet das?"

Bereitwillig gab Herr Anders Auskunft. „Die Fahrt soll in einer Schulwoche im Oktober von Montag bis Freitag stattfinden. Der Unkostenbeitrag für eure Eltern beläuft sich auf 250 Euro."

Falko war enttäuscht. So viel Geld, das ahnte er, gab ihm seine Mutter für eine Klassenfahrt nicht. Wie sollte er so viel Geld aufbringen? Allein schaffte er das nicht. Wenn die Mutter ihm das Geld nicht gab, konnte er seinen Vater bitten, ihm ein paar Euro dafür zuzuschießen. Aber die volle Summe konnte der ihm bestimmt nicht geben. Darüber wollte Falko in diesem Moment nicht nachdenken.

Frank war sich nicht sicher, ob seine Eltern das Geld für so eine Exkursion übrighatten. Seine Mutter wäre sofort bereit gewesen, es ihm zu geben, aber sie hatte meist nur so viel Geld im Monat zur Verfügung, dass sie damit gut wirtschaften konnte. Ob sie davon 250 Euro für ihn abzweigen konnte, bezweifelte Frank. Vielleicht ließ sich Wolf dazu bewegen, ihm das Geld für eine Klassenfahrt zu geben? Vielleicht konnte er das Geld bei ihm wieder abarbeiten. Ob Wolf sich darauf einließ? Doch zunächst wollte er mit seiner Mutter reden.

Jörg war sich sicher, dass er das Geld für die Fahrt nach Dresden von seinen Eltern bekam. Noch nie hatten sie ihm eine Bitte abgeschlagen, wenn es um sinnvolle Unternehmungen ging. Aber als er hörte, dass es sich um 250 Euro handelte, zweifelte er daran, ob seine Freunde mit nach Dresden fahren durften. Deshalb fragte er: „Und was wird mit denen, die nicht so viel Geld aufbringen können?" Ein Blick zu Frank und Falko reichte ihm aus, seine Zweifel zu verstärken.

Herr Anders antwortete: „Ich habe mit dem Schulleiter darüber gesprochen. Natürlich kann die Schule keinem Schüler eine Klassenfahrt bezahlen. Aber die Schule kann in extremen Fällen, zum Beispiel bei alleinerziehenden Müttern, den Eltern das Geld zinsfrei vorstrecken. Es muss aber noch in diesem Schuljahr zurückgezahlt werden. Und wenn das auch nicht geht, dann bleiben die Schüler hier und besuchen den Unterricht in der Parallelklasse."

Keiner der drei Freunde wollte das. Nach der Schule saßen Frank, Falko und Jörg auf dem Schulhof auf einer niedrigen Mauer zusammen. Jörg scharrte mit seinen Füßen im Sand. Er konnte seine Beine nicht stillhalten. Begeisterung für die Klassenfahrt stellte sich bei den Jungen nicht ein. Sie wollten zusammen an der Fahrt nach Dresden teilnehmen, aber sie glaubten, dass einer von ihnen bei diesem Klassenausflug fehlen werde.

Jörg stand auf und sprang im Wechsel ein paar Mal auf die Mauer herauf und sofort wieder herunter. Plötzlich blieb er vor Frank stehen und sagte: „Wir sollten erst mit unseren Eltern sprechen, bevor wir Panik schieben. Aber vielleicht kann dir dein Bruder helfen? Ralf wird das bestimmt tun." Jörg machte eine Pause und sagte zu Falko: „Und wie ich deinen Vater kenne, wird der dir garantiert das Geld für die Klassenfahrt geben. Rufe ihn an oder, noch besser, besuche ihn."

„Du hast recht, es nützt nichts, hier Trübsal zu blasen, wenn wir unsere Eltern noch nicht gefragt haben", erwiderte Frank.

Jetzt wollte Falko schnell nach Hause. Er verabschiedete sich von seinen Freunden, nicht ohne sich mit ihnen für den Nachmittag im Flussbad zu verabreden.

*****

Als Jörg von der Schule nach Hause kam, war seine Mutter bereits von der Arbeit zurückgekehrt. „Wie war es in der Schule", fragte sie ihn.

„Herr Anders hat uns erzählt, dass wir im Oktober eine Klassenfahrt nach Dresden machen. Das soll uns 250 Euro kosten."

„250 Euro sind ein stolzer Betrag für so eine Klassenfahrt. Wir können es uns leisten, dir das Geld dafür zu geben. Ich glaube nicht, dass dein Vater etwas dagegen hat. Aber was macht denn Falkos Mutter? Für sie sind 250 Euro viel Geld!"

Jörg machte sich darüber ebenso Sorgen wie seine Mutter. Natürlich wollte er, dass Falko und Frank an der Fahrt teilnahmen. Zuversichtlich sagte er: „Falko hat doch noch seinen Vater. Der wird ihm schon helfen."

Als sie sich nachmittags im Flussbad trafen, fragte Jörg seine Freunde sogleich: „Was habt ihr erreicht? Geben eure Eltern euch das Geld für die Klassenfahrt?"

Frank erzählte: „Meine Mutter will mit Wolf reden, wenn der heute Abend nach Hause kommt. Sie glaubt, dass der mir das Geld gibt."

Falko antwortete: „Meine Mutter hat sofort abgelehnt, sie gibt mir das Geld für die Klassenfahrt nicht. Aber ich darf am Wochenende zu meinem Vater fahren. Vielleicht bekomme ich von ihm das Geld. Ich habe schon mit ihm telefoniert, der freut sich auf mich, hat er gesagt und erwartet mich am Freitagabend."

*****

Frank war pünktlich zum Abendbrot zu Hause. Zunächst brachte er den Müll in die Tonne. Danach säuberte er die Küche und deckte den Tisch. Er wollte keinen Anlass zu einem Streit mit Wolf geben. Schon gar nicht wollte er riskieren, schon wieder verprügelt zu werden, weil er seine Aufgaben nicht erledigt hatte. Frank hoffte, dass Wolff ihm das Geld für die Klassenfahrt gab.

Oft ging Wolf mit den Brüdern brutal um, schlug Frank sogar regelmäßig und manchmal so sehr, dass die Spuren davon am Körper des Kindes tagelang sichtbar blieben. Doch wenn es sich um schulische Angelegenheiten handelte, unterstützte er die Kinder immer wieder. Darauf hoffte Frank auch heute.

Als Wolf von der Arbeit nach Hause kam, hatte Frank den Tisch in der Küche zum Abendessen eingedeckt. Der Stiefvater steckte seinen Kopf durch den Türspalt und sah, dass alles in Ordnung war. Sogar ein Bier stand auf dem Tisch an seinem Platz. Das registrierte der Mann, ohne ein Wort darüber zu verlieren. Er grüßte kurz und verschwand wieder. Fünf Minuten später kamen Franks Mutter und Wolf in die Küche. Sie setzten sich an den Tisch und fragten, wo Ralf sei. Frank ging zu seinem Bruder, um ihn zum Abendessen zu holen.

Ralf grüßte Wolf, als er die Küche gemeinsam mit Frank betrat. Wolf antwortete: „Hast du die Zeit verschlafen? Ich möchte, dass ihr pünktlich zum Essen kommt. Das gilt auch für dich. Wenn du nächstes Mal wieder zu spät kommst, dann bekommst du nichts mehr zu essen. Merke dir das bitte!"

„Entschuldigung, Onkel Erwin", murmelte Ralf und setzte sich auf seinen Platz. Wolf zu provozieren war keine gute Idee, also schwieg er. Ralf wusste von der Klassenfahrt und wollte nicht der Schuldige sein, wenn Frank das dafür benötigte Geld nicht von Wolf bekommen sollte, nur weil er sich nicht beherrschen konnte und widersprach.

Wolf wünschte allen einen guten Appetit und fragte danach: „Und was gibt es Neues?"

Frau Wolf hatte mit ihrem Mann über Franks Klassenfahrt gesprochen. Mit einem aufmunternden Kopfnicken gab sie ihrem jüngeren Sohn zu verstehen, dass er jetzt mit Wolf reden sollte.

Frank erkannte an der Mimik seiner Mutter, dass die Gelegenheit günstig schien. Deshalb sagte er: „Papa, Herr Anders hat uns heute erzählt, dass wir im Oktober eine Klassenfahrt nach Dresden machen. Aber das kostet leider viel Geld."

Den zweiten Satz sprach er mit verlassendem Mut aus. Plötzlich war er sich sicher, dass Wolf ihm das Geld nicht gab.

Dieser sah dem Jungen in die Augen. Er spürte, was in Frank vorging. Der saß mit hängendem Kopf und hängenden Schultern ihm gegenüber. Wolf fragte mit strenger, harter Stimme: „Frank, was ist denn das für eine Haltung? Du solltest dich etwas straffen und nicht schon aufgeben, bevor du ein Ergebnis erzielt hast."

Der Junge erkannte seinen Fehler. Nun hatte er Wolf doch verärgert, das merkte er an dessen Tonfall. Schnell erwiderte er: „Ja, Papa." Er setzte sich aufrecht hin und hob den Kopf etwas an. Aber seine Unsicherheit blieb. Das erkannte Wolf in seinem Gesicht, jedoch kümmerte ihn das nicht. Vielmehr freute er sich, dass der Junge vor ihm Angst hatte. Er fragte eher schroff als nachsichtig: „Wie teuer soll die Fahrt denn werden?"

Frank sagte es ihm.

„250 Euro? Das ist aber viel Geld!", meinte Wolf, ohne Frank zu beachten. Es schien als hätte er das Interesse an dem Gespräch und dem Jungen verloren.

Franks Unsicherheit wuchs, als er Wolfs Antwort hörte. Er dachte: „Das war es dann wohl mit der Klassenfahrt."

Wolf sah zu seiner Frau hinüber und bemerkte, dass sie ihren fröhlichen Gesichtsausdruck verloren hatte.

Aber er war der Mann im Hause und nur er allein legte die Regeln fest, nach denen sich alle Familienmitglieder zu richten hatten.

Doch liebte er seine Frau und wollte ihr nicht ihre gute Laune verderben, denn er malte sich ein schönes Liebesspiel aus, dass er mit ihr noch heute Abend erleben wollte. Deshalb fragte er freundlicher, als er es wollte: „Bis wann müsst ihr das Geld abgeben?"

„Wir können es schon ab morgen abgeben oder auch auf ein Konto einzahlen. Wir haben den ganzen Monat dafür Zeit", antwortete Frank wieder etwas hoffnungsvoller.

Wolf sagte: „Gut, ich gebe dir das Geld, aber ich hoffe, dass du deine Aufgaben in Zukunft genauso gut erledigst, wie du es heute getan hast. Wenn ihr etwas von uns wollt, könnt ihr richtig artig sein. Aber Wehe, ihr braucht uns nicht. Dann seid ihr manchmal nicht auszustehen. Du weißt, Frank, was dir blüht, wenn du deine Aufgaben nicht erfüllst."

„Ja, Papa, und danke für das Geld, Papa", sagte der Junge unterwürfig. Er wusste, was Wolfs Bemerkung bedeutete. Sie war fast schon eine Ankündigung der nächsten Tracht Prügel.

Nach dem Abendbrot bekam Frank von Wolf 250 Euro in bar ausgehändigt. Schon am nächsten Tag gab er das Geld seinem Klassenlehrer. Er freute sich, dass er nach Dresden mitfahren durfte. Freudestrahlend erzählte er das seinen Freunden. Von den angedrohten Prügeln jedoch erzählte er nichts. Und er hoffte, dass Falko am Montag ebenso mit einer positiven Antwort in die Schule kam.

*****

Herr Maaß holte seinen Sohn vom Hauptbahnhof ab. Schon während der Begrüßung sah er seinem Jungen an, dass etwas nicht in Ordnung war. Falko erwiderte die Umarmung seines Vaters und lächelte ihn an, doch danach wurde er schweigsam. Sonst erzählte er munter drauf los und berichtete seinem Papa von seinen Erlebnissen und seinen Freunden, von der Schule und der Mutter. Herr Maaß musste seinem Jungen keine Fragen stellen, der erzählte stets freiwillig alles das, was er von ihm wissen wollte.

Jetzt saß Falko auf dem Beifahrersitz im Auto seines Vaters. „Na, mein Junge, ist alles in Ordnung bei dir?", fragte der Vater seinen Sohn.

„Ja, Papa." Danach blieb Falko stumm.

„Früher hast du von allein erzählt, was du erlebt hast und was dich bewegt. Jetzt erzählst du nichts. Muss ich dir jedes Wort aus der Nase ziehen? Was ist los, Falko? Komm, erzähle es mir! Wie soll ich dir sonst helfen können?"

„Ach, Papa, mir kann niemand helfen", dachte Falko, aber laut sagte er: „Was soll ich dir denn groß erzählen? Es gibt doch nichts weiter."

„Neulich am Telefon hat es sich aber anders angehört. Gut, mein Großer, ich bin dein Vater. Auch wenn wir uns nicht jeden Tag sehen können, so möchte ich trotzdem alles über dich wissen. Ich liebe dich und ich will im Rahmen meiner Möglichkeiten für dich da sein. Aber du musst das auch wollen. Wenn du mir nichts erzählst, kann ich dir nicht helfen. Junge, wenn du das willst und wenn du mich brauchst, bin ich immer für dich da, vergiss das nie! Hast du mich verstanden?" Herr Maaß sprach nachdrücklich, aber trotzdem liebevoll und freundlich.

„Ja, Papa." Falko wollte seinem Vater so viel erzählen, aber er traute sich nicht. Sollte er dem Vater erzählen, dass er schwul war? Nein das konnte er nicht, dann würde der Vater ihn sicherlich nicht mehr lieben, so wie die Mutter auch. Sie beschimpfte und beleidigte ihn, sobald sie dafür eine Gelegenheit fand. Alles, was sie für Falko tat, tat sie nicht aus Liebe, sondern aus Pflichtgefühl und das widerwillig.

Allmählich glaubte Falko daran, dass er nicht normal war. Er ahnte, dass da draußen noch viele Jungen herumliefen, die so waren wie er. Aber er kannte keinen von ihnen. Er fühlte sich immer noch allein gelassen. Bis zu einem bestimmten Grad hatte er damit sogar recht. Denn er hatte in der Tat keine Freunde außer Frank und Jörg. Aber die beiden waren nicht schwul. Er hatte sich in Frank verliebt, aber der hatte ihm unmissverständlich erklärt, dass sie zwar Freunde sein konnten, aber mehr nicht möglich war. Vielleicht hatte die Mutter doch recht und er sollte nicht länger leben.

Sollte er dem Vater erzählen, dass die Mutter nur noch hässliche Dinge zu ihm sagte? Dann musste er ihm ebenso erzählen, warum das so war. Aber auf den liebevollen Vater verzichten, wollte er auf keinen Fall. Und die Gefahr dafür bestand, wenn er seinem Papa alles erzählte, was ihn bedrückte. Das glaubte der Junge. Außerdem gab Falko sich manchmal selbst die Schuld daran, dass er schwul war. Warum konnte er denn nicht Mädchen interessant finden? Schwul sein war für ihn unnormal! Er litt unter seiner Situation und konnte sie nicht akzeptieren und verstehen schon gar nicht. Er hasste sich selbst dafür.

Falko erzählte dem Vater von der bevorstehenden Klassenfahrt. Als er davon sprach, wie teuer die werden sollte und dass seine Mutter sie nicht bezahlen konnte, war er froh, dass er überhaupt etwas zu erzählen hatte, ohne dabei etwas von seiner Sexualität zu verraten.

„Dann bekommst du das Geld eben von mir. Das ist doch klar. Natürlich musst du an der Klassenfahrt teilnehmen", sagte der Vater. Dankbar sah Falko ihn von der Seite her an. Es war das zweite Mal, dass er seinen Vater anlächelte.

„Mann, ist der Junge ernst geworden, früher hat er immer viel und so schön gelacht. Jetzt ist er schweigsam und verschlossen. Kaum schafft er zu lächeln", dachte Herr Maaß. Herr Maaß parkte sein Auto vor dem Haus, in dem er wohnte. Auf dem Weg zum Eingang kam ihnen ein Junge in Falkos Alter entgegen, der sie freundlich grüßte. Sie grüßten zurück. Falko verlangsamte seinen Schritt, als der fremde Junge ihnen entgegenkam, fast blieb er stehen, um ihm hinterherzusehen.

Überrascht sah ihn sein Vater an. Er fragte sich amüsiert, aber auch sorgenvoll, was das zu bedeuten hatte. Falkos Geste und sein Gesicht sprachen Bände. Er interessierte sich für den Nachbarsjungen. Das war eindeutig.

Falkos Gesicht wurde weich und interessiert. Er lächelte sanft und blickte dem Jungen verträumt hinterher. Herr Maaß machte sich Gedanken, sagte aber nichts. Damit hatte er nicht gerechnet und war deshalb überrascht. Er fragte sich, ob Falko vielleicht deshalb so schweigsam geworden war, weil er sich für Jungen interessierte. Er beschloss, nicht mit Falko darüber zu reden. Noch nicht. Aber er nahm sich vor, ihn zu beobachten, und somit sichere Erkenntnisse über seine Vermutung zu sammeln, bevor er Falko damit konfrontieren wollte. Dafür hatte er zwei Tage Zeit.

Eine ähnliche Situation gab es, als Herr Maaß mit Falko in den Tierpark ging.

Der Vater hatte seinen Sohn nicht sehr oft bei sich, nur jedes zweite oder dritte Wochenende. Es war für ihn oberstes Gebot, für Falko Zeit zu haben, wenn der ihn besuchte. Er wollte seinen Jungen selbstverständlich verwöhnen, aber auch erzieherisch auf ihn einwirken. Gerne erfüllte Herr Maaß Falkos Wünsche, wenn er das konnte und sie seiner Entwicklung nicht schadeten.

Es war Falkos Wunsch, in den Tierpark zu fahren, und Herr Maaß wollte ihm diesen Wunsch gerne erfüllen, zumal er selbst Tiere liebte.

Sie standen an einem Bärengehege, als die großen Tiere mit einem Ball spielten. Ein Bär verteidigte den Ball vor einem seiner Artgenossen. Sie begannen, sich um das runde Ding zu streiten, und benahmen sich dabei, wie Kinder das nicht schlimmer konnten. Aber es war lustig anzusehen, wie die Bären um das Spielzeug kämpften, bis schließlich der Ball dabei platzte. Es hatten im wahrsten Sinne des Wortes Bärenkräfte auf ihn gewirkt.

Dafür interessierte sich Falko. Aufmerksam und voller Freude beobachtete er die Tiere und amüsierte sich über ihre tapsige und unbeholfene Art, um den Ball zu kämpften.

Doch dann sah er einen Jungen, der etwas älter sein musste als er selbst, vielleicht zwei Jahre. Herr Maaß bemerkte, wie sich das Interesse seines Sohnes von den Bären auf diesen Jungen verlagerte. Falkos Gesichtszüge wurden weich, plötzliche Traurigkeit spiegelte sich in seinen Augen wider. Der Junge sah verträumt und verletzlich aus. Er war nervös und verunsichert. Herr Maaß folgte Falkos Blick. Er sah einen attraktiven Jugendlichen. Das musste Herr Maaß, der völlig hetero war, unumwunden zugeben.

Er ließ Falko etwas Zeit. Der bemerkte nicht, dass er von seinem Vater beobachtet wurde. In ihrer Nähe stand eine Bank. Herr Maaß, der sich hinter Falko stellte, legte ihm beide Arme auf die Schultern. Falko genoss diese Berührung und lehnte sich gegen seinen Vater. Dann stellte er sich aber leicht erschrocken wieder aufrecht hin. Daraufhin zog Herr Maaß seinen Sohn energisch, aber sanft an sich heran und nahm ihn in seine Arme.

Falko dachte: „Hat Papa etwa was bemerkt? Hoffentlich nicht. Was soll er von mir denken, wenn er erfährt, was mit mir los ist? Sicherlich wird er mich dann auch hassen." In diesem Moment realisierte Falko plötzlich, wie ernsthaft seine Situation war und was seine Mutter fühlen musste. „Sie hasst mich, weil ich auf Jungs stehe", dachte er, „deshalb schimpft sie nur noch mit mir und hat nicht ein liebes Wort mehr für mich übrig. Und schuld bin ich selbst, weil ich mich für Jungs interessiere. Ich will nicht schwul sein, das ist doch scheiße!"

Herr Maaß zog seinen Jungen sanft zur Bank hin. „Setz dich, mein Lieber", sagte er leise, freundlich, aber bestimmt.

Falko gehorchte und sein Vater setzte sich neben ihn. Er legte ihm wieder einen Arm um die Schulter, drückte den Jungen zärtlich an sich und fragte: „Falko, was ist mit dir nur los?"

„Nichts, was soll mit mir los sein?"

„Falko, wenn dich etwas bedrückt, solltest du mit mir darüber sprechen. Egal, um was es geht. Ich bin dein Vater und für dich immer da. Ich möchte nicht, dass du ein für dich unlösbares Problem mit dir herumschleppen musst. Ich kann dir helfen. Nur musst du den Mut haben, mit mir zu reden. Glaube mir, mein Junge, man kann über alles reden und es gibt für alles eine Lösung. Vertraue mir bitte."

Falkos Gesicht erstarrte zu einer Maske. Er dachte: „Zu Mutti hatte ich auch Vertrauen. Als ich ihr gesagt hatte, was ich fühle, hat sie mich gehasst. Ich will nicht, dass du mich auch noch hassen musst. Du kannst mir nicht helfen, Papa." Aber laut sagte er zu seinem Vater: „Es ist nichts, Papa. Können wir jetzt bitte weitergehen?"

Herr Maaß beschloss, seinem Sohn Zeit zu geben. Er war erst vierzehn Jahre alt! Da konnte man nie sicher sein, wie seine Entwicklung weiterging.

Aber Herr Maaß wusste, dass Falko kein unbeschwertes Leben mehr hatte. Es gab etwas, das ihn schwer zu schaffen machte. Falkos Kindheit war schon jetzt in einem Alter von vierzehn Jahren vorbei. Das stimmte den Mann traurig. Er wollte, dass Falko ihm vertraute und von sich aus mit ihm über die Probleme sprach, die ihn quälten. Herr Maaß befürchtete, dass sich Falko noch mehr zurückzog, wenn er ihn weiter bedrängte.

Es war ihm nicht vergönnt, für seinen Sohn mehr Zeit zu haben. Das bedauerte Herr Maaß in diesem Moment besonders. Er fühlte, dass Falko ihm langsam entglitt. Der Junge wurde ihm allmählich fremd und entzog sich seinem Vater aus Gründen, die Herr Maaß nicht kannte.

Herr Maaß nahm sich vor, mit Falkos Mutter zu telefonieren. Offensichtlich war es, dass Falko unter etwas litt. Sie sollte ihm erklären, was den Jungen quälte. Dass ein Zusammenhang darin bestand, wie Falko manchmal einen bestimmten Typ von Jungen hinterher sah, stand für ihn fest.

Herr Maaß hatte an diesem Wochenende einen schweigsamen Sohn zu Besuch. Er bemerkte, dass Falko verletzlich und verunsichert, manchmal sogar ängstlich und unglücklich war. Es gelang ihm nicht, Zugang zu seinem Sohn zu bekommen. Warum hatte er das Vertrauen Falkos verloren? Das tat dem Vater weh. Aber er machte nicht seinen Sohn dafür verantwortlich.

Bevor er Falko zum Hauptbahnhof zurückbrachte, versuchte er noch einmal, mit ihm zu reden. Er beschwor Falko, ehrlich zu ihm zu sein, das könnte seine Probleme aus der Welt schaffen. Der Junge blieb aber stumm, er wollte sich seinem Vater nicht öffnen. Falko hatte große Angst, dass auch sein Papa ihm seine Liebe entzog. Was er mit seiner Mutter jeden Tag immer wieder aufs Neue erleben musste, sollte sich nicht mit dem Vater wiederholen. Von niemandem geliebt zu werden, konnte der unglückliche Falko nicht verkraften.

*****

Jörg stand mit Falko auf dem Schulhof. Sie warteten auf Frank. Lange konnte es nicht mehr dauern, bis die Schule geöffnet wurde. Jörg freute sich darüber, dass auch Falko an der Klassenfahrt teilnehmen konnte.

Frank betrat den Schulhof und sah sich nach seinen Freunden um. Nach wenigen Augenblicken entdeckte er sie und ging auf sie zu. Nachdem sie sich begrüßt hatten, erzählte ihm Jörg das Neueste von Falko.

„Das ist ja geil, dass du mitkommst, Alter", rief Frank vor Freude aus und schlug dem vor ihm stehenden Falko freundschaftlich auf die Schulter.

„Ja, wir können fünf Tage zusammen sein. Aber es wird sich nichts ändern", sagte Falko traurig. Er freute sich auf die Klassenfahrt und wollte sie genießen, aber er befürchtete, dass sie ihm zur Qual werden könnten. Frank sollte ihm nahe sein, fünf lange Tage konnten sie miteinander reden, herumalbern und viele Dinge gemeinsam tun und erleben. Aber ihm nahekommen, durfte er nicht. Ihn nur einmal berühren, auch wenn es nur Franks Hand war, konnte er sich nicht trauen. Fünf lange Tage sollte er mit Frank zusammen sein dürfen, aber vielleicht musste er deshalb darunter leiden. Dass so etwas passieren konnte, wusste Falko. Aber wie sollte er es Jörg und Frank erklären?

Wie aus einem Munde fragten Frank und Jörg: „Was wird sich nicht ändern?"

„Dann geht der Scheißalltag wieder weiter und wir müssen wieder nach Hause. Frank zu seinem Alten und ich zu meiner Mutter!" Falko wurde traurig und nervös.

Jörg sah seinen Freund ernsthaft an. Jetzt konnte er plötzlich stillstehen. „Was ist los, Falko? Erzähle es uns doch! Wir sind Freunde, vielleicht können wir dir helfen. Du musst nur mit uns reden."

„Wie wollt ihr mir helfen? Niemand kann mir helfen! Mein Vater ist nicht da. Der einzige Mensch, der mich noch mag, den kann ich nur alle paar Wochen sehen. Meine Mutter meckert mit mir immer nur rum und mein Freund will nur ein Freund sein. Wer soll mir da helfen können!"

Falko nahm seine Schultasche und lief weg, um das Schulgebäude herum. Dort war er allein, warf seinen Ranzen auf den Boden und setzte sich auf ihn. Anschließend zog er seine Knie an, umschlang sie mit seinen Armen und vergrub seinen Kopf darin und begann hemmungslos zu weinen.

Jörg und Frank standen wie vom Blitz getroffen da. Jörg tippelte vor sich hin, von einem Bein auf das andere. Er sah Frank ungläubig an und fragte: „Was war denn das jetzt?"

Frank war genauso peinlich berührt wie Jörg. „Müssen wir das jetzt verstehen?"

Jörg antwortete: „Er hat mir neulich einmal erzählt, dass seine Mutter ihn bei jeder Gelegenheit beschimpft. Er würde viel lieber bei seinem Vater wohnen. Und der Freund, den er meint, das bist du. Er ist in dich verliebt. Ich dachte erst, dass es eine Spinnerei von ihm war, als er uns im Flussbad davon erzählte. Er ist wohl tatsächlich schwul. Und du hast ihm gesagt, dass ihr nur Freunde sein könnt."

„Wir sind vierzehn, wie will er schon jetzt so etwas so genau wissen?", fragte Frank.

Jörg zuckte mit den Schultern. Die Klingel zum Einlass ins Schulgebäude ertönte. Frank fragte: „Sollen wir zu ihm gehen?"

„Wir sind seine Freunde. Er braucht uns jetzt", entgegnete Jörg.

Gemeinsam gingen sie zu Falko. Der hatte die Klingel auch gehört. Er wischte sich die Tränen vom Gesicht, stand auf und schwor sich, nie wieder zu weinen, wenn er mit Frank und Jörg zusammen war. Als Weichei wollte er nicht vor ihnen dastehen. Als er zum Schulgebäude ging, sah er seine Freunde. Die eilten auf ihn zu. Frank wusste nicht, wie er Falko gegenübertreten sollte. So blieb er stumm, aber legte ihm schweigsam seinen rechten Arm um die Schulter. Unbewusst tat er damit etwas Richtiges.

Für seine Berührung war Falko dem Freund dankbar. Eine wohlige Wärme durchströmte seinen Körper. Unbeholfen legte auch Jörg seinen linken Arm um Falkos andere Schulter. Sie sahen sich ins Gesicht. Jörg lächelte Falko an. Der sah betrübt und verschämt nach unten auf den Fußboden.

„He, Alter, ist schon in Ordnung", sagte Jörg, „wenn du uns brauchst, wir sind für dich da. Okay?"

Abwechselnd sah Falko von Frank zu Jörg und wieder zu Frank zurück. Der nickte ihm freundlich zu, Jörg lächelte ihn an. Falko beruhigte sich und erinnerte sich daran, dass er sich auf seine Freunde verlassen konnte. Er war ihnen dankbar, dass sie für ihn da waren. Seine Zweifel waren in diesem Augenblick verschwunden. Trotzdem war er nicht fähig, einen Satz zu formulieren. Deshalb sagte er nur das eine Wort: „Danke."

Rauchen im Wald

Frank war auf dem Weg zur Schule. Er wollte sich im Supermarkt einen Müsliriegel kaufen. Als er sich an der Kasse anstellte, entdeckte er Ralf, der ebenfalls seine Waren bezahlen wollte. Frank traute seinen Augen nicht, als er sah, dass sein Bruder eine Schachtel Zigaretten auf das Laufband legte.

Als er ihn darauf ansprach, erschrak Ralf. „Du sagst doch dem Alten nichts?"

„Mutti nicht, aber Wolf schon." Frank lachte über das Gesicht seines Bruders.

Gemeinsam verließen sie den Supermarkt und gingen zum Gymnasium. „In der Berufsschule fallen heute die letzten drei Stunden aus, weil ein Lehrer krank geworden ist. Ich warte auf dich, dann können wir zusammen nach Hause gehen", meinte Ralf.

Frank war einverstanden.

Der Unterricht verlief ohne Zwischenfälle. Heute fand Frank sogar großen Spaß daran, insbesondere in Mathematik und Geschichte, diese beiden Fächer interessierten ihn besonders. In denen bewies er regelmäßig, dass er logisch denken konnte. Überhaupt gehörte er zu den besten Schülern seiner Klasse. Alle Lehrer prophezeiten ihm eine gute Zukunft.

Als Frank nach der letzten Stunde das Schulgebäude verließ, sah er Ralf schon von Weitem auf ihn warten. Kaum hatten sie sich begrüßt, fragte Ralf: „Hast du schon einmal geraucht?"

„Nein", antwortete Frank, „warum fragst du, sollte ich?"

Ralf sah seinen Bruder mit einem verschwörerischen Lächeln an. „Nein, aber wir könnten es gemeinsam ausprobieren."

„Das dürfen wir nicht, du weißt, was Wolf mit uns macht, wenn er das erfährt!" Frank hatte Angst. Wenn er an seine letzte Tracht Prügel dachte, zog sich ihm der Magen schmerzhaft zusammen. Immer noch tat ihm unter der Brust seine linke Körperhälfte weh.

Ralf sagte: „Das muss Wolf ja nicht merken. Wir gehen in den Wald und werden da zusammen eine rauchen, okay?"

„Und wenn Wolf dann kommt?"

„Der kommt nicht. Auch wenn er Waldarbeiter ist, aber die sind jetzt beim Fällen der Bäume am See. Da kommt der nicht weg."

Wohl war Frank dabei nicht, aber er tat seinem Bruder den Gefallen und ging mit ihm in den Wald. Ihr Ziel war eine Lichtung, die nicht weit von der Schule entfernt lag. Die Schüler gingen in den Freistunden oft hierher, um zu rauchen und ihre Ruhe vor den Rest der Welt zu haben, aber manchmal auch, weil die Jungen hier mit ihrer Freundin allein sein konnten.

Die Brüder setzten sich am Rande der Lichtung in den Schutz der Bäume. Leise raschelten die Kronen der hölzernen Riesen über ihren Köpfen. Eine leichte, warme Briese strich ihnen über ihre Gesichter, als streichele sie der Wind mit einer weichen luftigen Hand. Die Haare der Jungen wehten sanft im lauen Luftzug der Natur.

Sie fühlten sich wohl und waren abenteuerdurstig. Ralf steckte seine Rechte in die Hosentasche, förderte eine angefangene Schachtel Zigaretten ins Freie und bot diese seinem Bruder an.

Unsicher und mit zittriger Hand nahm Frank einen Glimmstängel. Er war aufgeregt, wie selten zuvor, weil er etwas Verbotenes tat.

Ralf nahm sich ebenso eine Zigarette und gab Frank und sich Feuer. Ralf inhalierte den Rauch ein. Genüsslich stieß er ihn aus Mund und Nase wieder aus.

Frank sog an seiner Zigarette und ließ den Rauch sofort aus seinem Mund entweichen. „Äh, das schmeckt aber eklig", sagte er. Er spuckte aus und verzog das Gesicht.

Ralf sah ihn vergnügt spöttisch an und lachte: „Das ging mir bei meiner ersten Zigarette auch so. Sie schmeckte beschissen. Du musst den Rauch einatmen, aber vorsichtig, sonst musst du husten."

Frank tat, was Ralf ihm sagte. Danach spürte er, wie ihm schlecht und schwindlig wurde. Ralf sah seinen Bruder blass werden. Schnell legte er ihm einen Arm um die Schulter und zog ihn an sich, um ihn zu stützen. Plötzliche Angst um Frank überfiel ihn, hoffentlich brach der hier im Wald nicht zusammen!

Er nahm ihm die Zigarette aus der Hand, warf sie sich vor die Füße und trat sie aus. Danach setzte er Frank an einen Baum und nahm ihn in die Arme. „He, das war wohl doch keine so gute Idee von mir", sagte er.

„Es geht schon", meinte Frank und rappelte sich auf. Plötzlich erschrak er. Vor ihnen stand der Förster, der kopfschüttelnd fragte: „Was macht ihr denn hier?"

Der Mann sah auf Ralfs Zigarette und danach dem blassen Frank ins Gesicht. Er forderte: „Sofort machst du die Zigarette aus! Wir haben Waldbrandgefahr! Ihr beide seid wohl bescheuert! Ihr wollt wohl alles hier niederbrennen? Euer Vater wird sich freuen, wenn ich ihm das erzähle."

Schuldbewusst sahen beide Jungen zum Boden. Sorgfältig löschte Ralf seine Zigarette.

*****

Auf dem Heimweg schwiegen sich die Brüder an. Sie hingen ihren trüben Gedanken nach, die sich allein in ihren Köpfen entwickelten. Ralf beschimpfte sich als einen verblödeten Hornochsen. Er verführte seinen kleinen Bruder zu etwas Verbotenem, ließ sich dabei erwischen und riskierte dafür von Wolf Schläge für sich und Frank. „Mann", dachte er, „was bin ich bloß für ein blödes Arschloch!"

Ähnliche Gedanken quälten Frank. Er hatte Angst vor Wolf und vor der bevorstehenden Bestrafung, die sie für das Rauchen im Wald beziehen würden.

Frank glaubte, dass es besser sei, alles zu zugeben und die gefürchtete Bestrafung annehmen sollte. Wenn er sich Wolf freiwillig stellte, schlug der vielleicht nicht ganz so hart zu wie beim letzten Mal.

Sie hatten dumm gehandelt. Wie konnten sie im Wald bei dieser Trockenheit rauchen? Der Förster war zurecht sauer.

Und wenn Wolf sie dafür bestrafte, war es für ihn in Ordnung. Frank glaubte, dass eine gerechte Bestrafung auf sie wartete. Er wollte sich dem nicht entziehen, auch wenn es ihm schwerfiel, und er hoffte in seiner kindlichen Naivität, dass Wolf ihn eines Tages doch noch lieben könnte. Der Junge wünschte sich das sehr.

Das Geld für die Klassenfahrt hatte Wolf ihm sofort gegeben, als er darum bat. Aber dessen ermahnende Worte hatte Frank schon wieder vergessen.

Die Jungen waren sich einig. Sie wollten, wenn der Stiefvater nach Hause kam, ihn nicht verärgern und seine Strafen akzeptieren.

*****

Sie saßen schon seit zwei Stunden in der Küche und warteten darauf, dass Wolf von der Arbeit nach Hause kam. Sie hatten Hunger, aber essen konnten sie nichts.

Das Radio blieb ausgeschaltet. Ihnen war nicht nach fröhlicher Musik zumute. Sie hatten Angst. Trotzdem hofften sie, dass Wolf bald nach Hause kam und sie ihre Züchtigung schnell hinter sich bringen konnten. Wollte denn heute die Zeit überhaupt nicht vergehen?

Ralf sah seinen Bruder über den Tisch in die Augen und streckte eine Hand nach ihm aus. Er legte sie auf die des geliebten Bruders.

Mit gesenktem Kopf und trauriger, leiser Stimme sagte er: „Bitte, Frank, verzeihe mir, ich wollte nie, dass du meinetwegen Schläge bekommst. Heute habe ich Blödmann es geschafft, dass es doch so kommt."

Frank sah den hängenden Kopf seines Bruders vor sich. Mutiger und lauter, als er wollte, erwiderte er: „Du kannst nichts dafür. Rede dir nicht so einen Schwachsinn ein! Ich hätte nicht mit dir zu gehen brauchen. Es sind nicht die ersten Schläge, die ich von diesem verfickten Arschloch bekomme."

Traurig sahen sie sich gegenseitig in ihre Gesichter.

Ralf wollte gerade etwas sagen, als ein Schlüssel von außen ins Türschloss gesteckt wurde. Das konnte nur Wolf sein. Ralf zog seine Hand von der seines Bruders zurück.

Als Wolf die Küche betrat, standen die Söhne seiner Frau mit gesenkten Köpfen am Küchentisch und wünschten ihm leise einen guten Tag.

„Gut, dass eure Mutter noch nicht zu Hause ist." Wolf begrüßte die schuldbewussten kleinen Sünder. Auf die Idee, mit den Brüdern ein ernstes, ermahnendes und konsequentes Gespräch zu führen, kam er nicht. Er vollendete seine Worte. „So muss sie nicht das Unangenehme miterleben, das ihr wieder heraufbeschworen habt."

Ralf versuchte, seinen Bruder zu verteidigen. „Bitte, Onkel Erwin, Frank kann nichts dafür. Ich allein habe Schuld.

Ich hatte Frank überredet, mit mir zum Rauchen in den Wald zu gehen. Allein hätte er das nie getan."

Wolf sah Ralf an. „Du hast Frank zum Rauchen im Wald überredet?"

Ralf nickte.

„Sofort geht ihr beide in eure Zimmer und wartet dort auf mich. Ich möchte nicht erleben, dass der eine dazu kommt, wenn ich dem anderen seine gerechte Strafe verabreiche! Habt ihr das verstanden?"

Die Jungen antworteten nicht. Wolfs stimme nahm einen scharfen Ton an. „Habt ihr mich verstanden, ihr Tauge-nichtse?"

Ralf sah seinen Stiefvater trotzig, aber auch ängstlich an. „Ja, ich habe es verstanden und werde tun, was du sagst."

Wolf hörte Ralfs Worte mit Genuss. Im Geiste stellte er sich schon jetzt vor, wie er ihn züchtigen wollte. Er weidete sich beinahe an der Angst des Jugendlichen. „Bürschchen, ich werde dir deinen nackten Arsch versohlen. Wenn ich mit dir fertig bin, wird dein Arsch nicht mehr weiß und glatt sein, das verspreche ich dir!", dachte Wolf.

Frank stand immer noch verängstigt am Küchentisch. Leise beantwortete er Wolfs Frage. „Ja, Papa."

Dieser dachte: „Auch dir werde ich schön deinen kleinen nackten Arsch versohlen. Das wird mir die reinste Freude sein." Aber laut verlangte er: „Dann geht jetzt!"

*****

Als die Jungen die Küche verließen, holte sich Wolf aus dem Kühlschrank eine Flasche Bier und öffnete sie.

Er setzte sich an den Küchentisch und kramte aus seiner Hosentasche eine Schachtel Zigaretten hervor. Umständlich zündete er sich eine an und blies den Rauch genüsslich ins Zimmer.

Danach nahm er einen großen Schluck aus der Bierflasche und leckte sich die Lippen. Freudig erregt schüttelte er den Kopf. „Die kleinen Wichser, die sind doch wirklich so doof und lassen sich beide an einem Tag ihre Ärsche versohlen. Das können sie doch gerne haben", dachte der sadistische Kerl. Im Geiste stellte er sich vor, wie er die Jungen in einigen Minuten verprügeln wollte. In allen Einzelheiten malte er sich die Bestrafung aus. Dabei trank er langsam sein Bier aus, er hatte alle Zeit der Welt. Die Bälger sollten ruhig warten und sich vor Angst in die Hosen machen! Wie schön, dass sie ihm so schutzlos ausgeliefert waren!

Wolf bemerkte, dass er eine Erektion bekam. „Scheiße", dachte er, „die kleinen Wichser sollten nicht bemerken, dass ich eine Latte kriege, wenn ich ihnen ihre Ärsche voll haue. Schließlich haben sie es verdient. Im Wald zu rauchen und das bei dieser Trockenheit! Na, die werden schon nichts merken, diese blöden Bengel, die haben gleich ganz andere Sorgen!" In aller Ruhe zündete er sich eine zweite und etwas später noch eine dritte Zigarette an. „Aber", dachte er schließlich, „ich sollte mich doch lieber ein bisschen ablenken, sonst bemerken die doch noch meinen Steifen! Und jetzt sollen sie ruhig noch ein bisschen schmoren!"

Als er sich beruhigt hatte, ging er in das Schlafzimmer und kramte den Rohrstock hervor, den er auf dem Kleiderschrank vor seiner Frau versteckt hatte. Damit ging er zu Frank. Der Jüngere sollte nicht noch länger auf seine Bestrafung warten müssen. Und der Ältere, der ihn immer so böse anblickte, der sollte jetzt das Gebrüll seines kleinen Bruders hören, dieser Gernegroß!

Aber Wolf wollte sicher sein, dass er bei der Bestrafung der Jungen nicht gestört wurde. Also ging er doch zuerst in Ralfs Zimmer. Der saß mit hängendem Kopf auf seinem Bett.

Wolf sah den Jugendlichen verächtlich an. „Ich gehe jetzt zu Frank. Ich will dich nicht in seinem Zimmer sehen, solange ich mit ihm beschäftigt bin. Wenn du glaubst, dass du deinem Bruder helfen musst, dann denke daran, dass es dadurch für euch beide nur noch schlimmer wird. Du kannst die Zeit, die ich bei Frank bin, sinnvoll nutzen und dich auf deine Bestrafung vorbereiten. Wenn ich zu dir komme, will ich, dass du dich nackt ausgezogen hast."

Wolf wartete keine Antwort ab, sondern drehte sich um und verließ Ralfs Zimmer, ohne ihn noch eines Blickes zu würdigen. War es nicht wunderbar, dass er diese Macht über die zwei Halbstarken hatte? Und er, Erwin Wolf, konnte mit diesen missratenen Gören tun, was er wollte. So mutig, wie Ralf ihm gegenüber auftrat, war er nicht. Zu groß war seine Angst vor der bevorstehenden Züchtigung, zumal er Franks Schmerzensschreie bald hören musste. Das allein sollte für Ralf schon Strafe genug sein.

Wolf überlegte sich, wie er Franks Bestrafung optimieren konnte. An Ideen mangelte es ihm nicht, im Gegenteil.

*****

Frank wartete und wartete. Er wollte es endlich hinter sich bringen. Das lange Warten machte ihn mürbe, denn er wusste, dass er keine Gnade zu erwarten hatte. Und natürlich hatte Wolf das richtig kalkuliert: Je länger sich das Warten hinzog, desto mehr steigerte sich Franks Angst, bis er es kaum noch aushielt.

Als Wolf Franks Zimmer betrat, stand der Junge sofort von seinem Bett auf. Schluchzend flehte und bettelte er: „Bitte, Papa, du kannst mich verhauen. Ich habe es verdient. Aber bitte haue mir nicht auf meine Rippen, bitte Papa, bitte haue mir auf meinen Po. Ich will auch alles einstecken und ertragen, was du mir gibst, aber bitte nur den Po."

Wolf blieb ungerührt. Im Gegenteil glaubte er, sein Ziel erreicht zu haben. Das Warten hatte sich gelohnt. In scharfem Ton forderte er: „Hör auf zu heulen! Das kannst du tun, wenn ich dir Grund dazu gebe, aber nicht schon jetzt. Reiß dich gefälligst zusammen!"

Nervös wischte sich Frank mit den Händen die Tränen aus dem Gesicht. Wolf schloss die Tür und das Fenster. Niemand sollte hören, was hier gleich geschah. Nur Ralf. Der sollte alles bis ins letzte Detail mitbekommen. Der sollte vor seinem schlechten Gewissen und seiner Angst durchdrehen, bis er wahnsinnig wurde!

*****

Ralf verstand jedes Wort, das im Nebenzimmer gesprochen wurde. Und er war an allem schuld! Schuld daran, dass Frank gleich von diesem Typen, der sich als ihr Vater aufspielte, grün und blau geprügelt wurde! Danach sollte auch er verprügelt werden, das war ihm nicht egal, er fürchtete sich davor ebenso sehr wie sein Bruder, denn zu oft hatte Wolf ihn schon gedemütigt und verprügelt, als dass es ihm egal sein konnte. Diese unerträglichen Schmerzen, die kaum ein Ende nahmen! Und dann erst der arme Kleine! Und er, Ralf, war schuld! Er hatte sich noch viel dümmer und kindlicher benommen als der „Kleine", den er immer beschützen wollte! Beschützen! Und jetzt das! Wie sollte er sich selbst das jemals verzeihen können? Ralf vergrub seinen Kopf in den Armen, mit angezogenen Knien, saß der Jugendliche auf seinem Bett. Seine Wut auf Wolf und sich selbst kannte keine Grenzen. Allein schon dafür, dass er der Schuldige für Franks Bestrafung war, hatte er es verdient, selbst bestraft zu werden. Und doch hatte auch er

Angst davor, genau wie sein Bruder. Doch wollte er dem Alten, wenn der ihn verprügelte, seine Schmerzen nicht zeigen!

*****

Frank zwang sich, seine Tränen zu verbergen und sich zu beruhigen. Alles wollte er tun, was Wolf von ihm verlangte, Hauptsache für ihn war, dass Wolf ihm nur den Po versohlte. Als er sich endlich beruhigt hatte, sagte Wolf: „Geht doch. Noch hast du keinen Hieb bekommen und hast keinen Grund zum Heulen."

Frank sah, dass Wolf den Rohrstock aus der Hand legte. Der Junge begann, am ganzen Körper zu zittern, als er den Rohrstock sah. Eine eisige Gänsehaut umfasste seinen Körper. Die ersten blonden Härchen, die auf seinen Armen wuchsen und die man kaum sehen konnte, stellten sich steil in die Höhe.

Ganz leise und freundlich, dass es Frank kaum aushielt, sagte Wolf: „Komm zu mir, mein Junge, und nimm deine Strafe entgegen, dann werde ich dir nur deinen Arsch versohlen."

Frank hörte, dass er den Po versohlt bekommen sollte. Er wusste, dass das bei Wolf sehr, sehr schmerzhaft war. Trotzdem atmete er erleichtert auf und ging zögerlich zu seinem Stiefvater. Seine weichen Knie drohten, ihm ihren Dienst zu versagen. Wolf setzte sich auf Franks Bett und zog ihn am Arm zu sich. Danach machte er sich an der Hose des Jungen zu schaffen und verlangte, dass dieser sich sein T-Shirt auszog. Der Junge kam der Aufforderung schnell nach, er wollte nicht riskieren, dass Wolf am Ende doch noch woanders hinschlug. Frank hielt sein T-Shirt in der Hand und stand nun mit freiem Oberkörper vor dem Mann seiner Mutter, der ihm die Jeans öffnete. Der Junge wusste nicht, wo er das Shirt hinlegen sollte. Er entschloss sich, es einfach auf das Bett zu werfen. Als er das tat, zog Wolf ihm die Hosen herunter.

Frank erschauerte, Wolf legte ihm seine große Hand auf den nackten Po und begann ihn zu streicheln. Nur zu gut wusste er, dass sich der Junge nach Zärtlichkeit sehnte. Gut, dann sollte er eben ein bisschen Zärtlichkeit bekommen, aber so, dass er keine Freude daran hatte, sondern dass sie eine zusätzliche Qual darstellte! Frank wusste, dass das Streicheln gleich aufhören und im nächsten Augenblick der erste fürchterliche Schlag niederprasseln musste. Da musste er doch das Streicheln als Hohn und Veralberung empfinden und darunter leiden, mehr als unter der größten Brutalität! Wolf wusste, dass diese intimen Berührungen dem Jungen unangenehm waren. Aber wehe, er kam auf die unglückselige Idee, sich dagegen zu wehren! Diesem Hänfling wollte er es zeigen!

Mit ruhiger Stimme, als wenn er dem Kind etwas Schönes schenken wollte, sagte er: „Ich erwarte von dir, dass du dich zusammenreißt und erst dann weinst, wenn du die Schmerzen nicht mehr ertragen kannst. Ich versohle dir deinen Po zuerst mit der Hand, anschließend bekommst du mit dem Rohrstock ein Dutzend Hiebe, damit du lernst, dass im Wald nicht geraucht wird. Und nun leg dich über meinen Schoß."

*****

Ralf saß immer noch mit verschränktem Kopf, die Arme um die Knie geschlungen, auf seinem Bett. Trotzdem hörte er das klatschende Geräusch, das plötzlich einsetzte. Dieses hässliche klatschende Geräusch, das entstand, wenn eine erwachsene Hand schmerzhaft auf den Po eines Kindes niedersauste. Noch blieb sein Bruder still, doch nach und nach hörte er dessen Wimmern und Weinen, das immer lauter wurde und das ihm sein Herz zerriss. Es hielt den Jugendlichen nicht mehr auf seinem Platz. Wie von der Tarantel gestochen, sprang er auf und rannte in seinem Zimmer Auf und Ab. Er zerrte an seinem T-Shirt herum.

Ralf wollte sich das Shirt ausziehen und wiederum wollte er das auch nicht. Voller Angst vor den brutalen Schlägen, die er gleich erhalten sollte, und vor allem aus Wut auf sich selbst riss er daran herum. Eine Naht seines Shirts riss und Ralf blieb erschrocken stehen. Er hörte Frank weinen. Nahm das grässliche Klatschen denn überhaupt kein Ende? Wie lange dauerte es schon? Fünf Minuten? Zehn Minuten? Es war die Hölle für ihn. Er versuchte sich damit zu trösten, dass es sein Bruder gleich hinter sich hatte. Aber ein Trost war das nicht!

*****

Frank spürte die Hand des Stiefvaters, die sanft seinen Po streichelte. „Du weißt, was du mir zu sagen hast, Frank, ich warte darauf. Sonst muss ich dich noch extra bestrafen. Aber das willst du doch nicht?"

„Nein, Papa." Der Junge antwortete leise mit brüchiger Stimme, denn er hasste dieses Ritual. Er sollte um seine Misshandlung bitten!

„Bitte, Papa", stockend kamen die Worte Frank über die Lippen, „ich habe eine Strafe verdient!" Unruhig rutschte der Junge über den Knien des Stiefvaters herum. Kaum konnte er die weiteren Worte aussprechen: „Bitte verhaue mir den Po!" Die letzten Worte kamen stoßweise.

Wolf war in Hochstimmung. „Dann liege still und die Arme bleiben vorne."

Und schon ließ er seine Hand auf Franks Po niedersausen. Ein heftiger Schmerz durchzuckte das Kind, der sich zu einem brennenden Inferno entwickelte, welches durch seinen Körper drang. Sein Po brannte heftig und immer wieder schlug Wolf auf ihn ein, noch blieb der Rohrstock auf dem Bett liegen. Endlich, nach einer gefühlten Ewigkeit, ließ Wolf von dem Jungen ab und verlangte von ihm, sich über die Stuhllehne zu beugen.

Total verängstigt, weinend und am Ende seiner Kräfte wollte Frank nicht noch weitere Schläge riskieren. Trotzdem rieb er seinen geschundenen Po, bevor er der Aufforderung Wolfs nachkam. Kaum hatte sich der Junge über die Stuhllehne gebeugt, pfiff der Rohrstock schon durch die Luft. Der Schmerz war kaum auszuhalten, Frank wollte aufspringen und davonlaufen, aber Wolf drückte ihn über die Stuhllehne nieder und drosch weiter auf ihn ein. Das gellende Gebrüll und Weinen des Jungen waren kaum auszuhalten und zugleich Musik in Wolfs Ohren.

*****

Ralf war dem Wahnsinn nahe. Er stand an der Tür und wollte zu seinem Bruder eilen. Doch Wolf war viel zu stark für ihn, als dass er etwas ausrichten könnte. Verzweifelt riss er sein Shirt vom Körper und warf es achtlos weg. Er wusste, dass er dem Kleinen nicht helfen konnte. Mit vor Wut tränenden Augen zerrte er an seiner Jeans, ihm war schmerzlich bewusst, dass er machtlos gegen Wolf war. Ein Knopf riss von der Hose ab. Es war Ralf egal. Inzwischen war der Ekel vor sich selbst noch größer als die Angst davor, gleich blutig geschlagen zu werden. Er war schuld, er, nur er! Nackt stand er mitten im Zimmer und erwartete seinen Peiniger. Aber er wollte es dem verhassten Alten zeigen! Der sollte ihn nicht zum Brüllen bringen! Keinen Schrei sollte er von ihm hören, auch wenn er ihm den Hintern zu Brei schlug!

*****

Frank hatte es überstanden. Sein Po brannte und schmerzte, er sprang auf und rieb sich die dicken blauen Striemen. Ebenso dicke Tränen liefen ihm über das Gesicht. Und noch schrecklicher für ihn war, dass Ralf jetzt gleich dasselbe bevorstand. Und er musste alles mitanhören! Das ging nicht, das war völlig unmöglich, das konnte er nicht ertragen!

Wolf war zufrieden mit sich. Mit dem Rohrstock in der Hand verließ er das Zimmer, ohne Frank eines weiteren Blickes zu würdigen.

Durch die starken Schmerzen war Frank kaum in der Lage zu gehen, trotzdem suchte er das Bad auf. Er stellte sich unter die Dusche und ließ eiskaltes Wasser über seinen Körper rieseln. Das kalte Wasser beruhigte nicht nur den Schmerz, der den Jungen peinigte, das Rauschen des Wassers verhinderte auch, dass er etwas von Ralfs Bestrafung hörte.

*****

Trotzig und ohne eine Träne in den Augen stand Ralf seinem Stiefvater gegenüber. Der hatte den Rohrstock in der Hand und sagte: „Ich sehe, dass du folgsam bist. Da du drei Jahre älter als dein Bruder bist, ist es nicht notwendig, dir deinen Arsch anzuwärmen. Du bekommst drei Dutzend mit dem Rohrstock und gut ist es. Beuge dich über die Stuhllehne!"

*****

Frank stand so lange unter der Dusche, bis er vor Kälte schlotterte. Nachdem er sich abgetrocknet hatte, wollte er in sein Zimmer gehen. Aber da sah er Wolf mit wutverzerrtem Gesicht aus Ralfs Zimmer herausstürmen und im Schlafzimmer verschwinden, dessen Tür er hinter sich zuknallte. Frank beschloss, nach seinem Bruder zu sehen.

Ralf stand, ebenfalls noch unbekleidet, am Fenster. Dicke, blutige Striemen verunstalteten seinen Po. Entsetzt ging Frank zu ihm. Ralf drehte sich zu seinem Bruder und nahm ihn in seine Arme.

Ralf fragte: „Wie geht es dir, kleiner Bruder?"

„Es geht schon, ich war kalt duschen, das solltest du auch tun, es tut gut. Und du? Bist du okay?"

„Ja, das bin ich. Der Alte ist nur sauer auf mich, ich habe nicht einmal geschrien, obwohl er auf mich eingeprügelt hat, als wolle er mich umbringen. Dieses blöde Arschloch. Aber den Gefallen habe ich ihm nicht getan. Jetzt ist er stinkig, weil er mich nicht kleingekriegt hat. Ich verschwinde hier sowieso bald." Ralf bemerkte nicht, dass er Frank mit diesen Worten sehr wehtat und Angst machte.

„Dann will ich mit dir kommen", flehte Frank und konnte seine Tränen nicht zurückhalten.

Aufregungen

Frau Wolf saß in ihrem Sessel und war am Ende ihrer Kräfte. Das Herz raste, Adrenalin schoss durch ihren Körper und verursachte in ihr einen Zustand der vollkommenen Aufregung. Die Hände zitterten, das Blut rauschte laut in den Ohren.

Mit wackligen Beinen erhob sie sich, ihr tränennasses Gesicht wischte sie sich mit einem Taschentuch trocken und schnaubte danach ihre Nase darin aus. Das Taschentuch entsorgte sie in dem Mülleimer, der in der Küche in einem Schrank versteckt war. Erwin Wolf hatte ihr vor ein paar Tagen eine neue Küche gekauft und sie selbst eingebaut.

In einem der Hängeschränke hatte Frau Wolf eine Hausapotheke eingerichtet. Aus dieser holte sie eine kleine Schachtel mit Beruhigungstabletten hervor, entnahm ihr ein Dragee, das sofort in ihrem Mund verschwand und sich gleich danach in ihrem Magen wiederfand. In der Zeit, in der Frau Wolf die Schachtel zurück an ihren Platz legte, etwas Wasser trank und zu ihrem Sessel zurückkehrte, begann die Tablette ihre wohltuende Wirkung.

Die Frau saß vielleicht fünf Minuten, als sie spürte, dass sie wieder etwas ruhiger wurde. Die Tränen versiegten und ihre Gedanken begannen, sich zu jagen.

Zu ihr war Erwin Wolf meist sehr nett. Oft brachte er ihr kleine Geschenke mit nach Hause, die ihr das Herz erwärmten. Wolf war ihr ein guter Ehemann. Er las ihr beinahe jeden Wunsch von den Augen ab. Schon lange wollte sie eine neue Küche haben und jetzt hatte er ihr diesen Wunsch mit einem Prachtexemplar erfüllt. Als sie den Preis dafür erfuhr, glaubte sie fest daran, dass er sie sehr liebte. Sie hatte keinen Grund zur Klage, solange sie tat, was er von ihr verlangte.

Nur einen Wunsch erfüllte er ihr nicht. Sie wollte, dass er endlich damit aufhörte, ihre Kinder zu schlagen. Erst gestern hatten sie von ihm wieder einmal den Po verhauen bekommen.

Gut, sie musste ihm in einem Punkt recht geben, die Jungen sollten nicht rauchen und im Wald sollten sie das erst recht nicht tun. Dafür hatten Ralf und Frank eine Strafe verdient. Eine Woche Hausarrest für das Rauchen hätte sie als angemessen erachtet. Aber Prügel mussten sie deshalb nicht bekommen. Wolf hätte ihnen in einem klärenden Gespräch die schweren Folgen, die das Rauchen im Wald immer wieder verursachte, erklären sollen. Von Waldbränden hätte er den Kindern berichten können. Er kannte aus seiner Tätigkeit Waldabschnitte, die den Flammen zum Opfer gefallen waren.

Warum erzählte er ihren Jungen solche Dinge nicht und schlug sie, anstatt sie aufzuklären? Ralf und Frank waren doch gute und artige Jungen, die nur, wie alle anderen auch, manchmal etwas Unüberlegtes taten. Hatte Wolf in seiner Kindheit und Jugend nicht solche Dinge getan? Hatte er alle seine eigenen Streiche schon vergessen, für die auch er manchmal bestraft worden war? Doch Schläge hatte Wolf damals für sein Fehlverhalten von seinen Eltern nicht bekommen. Warum glaubte der Mann, dass er ihre Kinder schlagen durfte?

Erwin Wolf selbst hatte ihr mitgeteilt, warum er gestern am Abend ihren Jungen den Hintern versohlen musste. Sie forderte ihn erneut auf, ihre Kinder in Zukunft ordentlich zu behandeln, aber er lachte sie wieder aus. Er glaubte, dass die Kinder am besten mit Züchtigungen erzogen wurden, denn nach einer solchen Strafe würden sie später in einer ähnlichen Situation, für die sie Prügel bezogen hatten, vernünftiger handeln.

Das Gespräch eskalierte, wie schon das letzte Mal. Wolf stritt sich mit seiner Frau, drohte ihr sogar Schläge an und verließ schließlich das Haus. Sicherlich ging er in seine Stammkneipe, um sich dort zu beruhigen, denn er war wütend.

Warum konnte er nicht so lieb zu den Jungen sein wie sie? Zu ihr war er doch meistens auch sehr nett, höflich und zuvorkommend! Wenn es um ihre Kinder ging, fehlten ihr die Möglichkeiten, um sich bei ihm durchzusetzen. Dabei versuchte sie alles, was sie konnte, um den Kindern eine gute Mutter und ihrem Mann eine liebevolle Frau zu sein.

Sie machte doch alles richtig, warum nur gab es trotzdem in ihrer Familie immer wieder diese unschönen Vorfälle?

Frau Wolf fühlte sich nicht wohl. Sie ging in die Küche zu dem Hängeschrank, in dem sich die Hausapotheke befand, und nahm eine zweite Beruhigungstablette ein. Alles, was sie jetzt wollte, war Ruhe, Ruhe und Frieden.

*****

Frau Blechschmidt stand am Sonntag in der Küche am Herd, würzte ihren Eintopf und schmeckte ihn ab. Sie freute sich darauf, ihn endlich essen zu können. Eintöpfe und Suppen schmeckten der Frau schon seit ihrer Kindheit am besten, daran hatte sich bis heute nichts geändert. Sie nahm aus ihrem Küchenschrank eine Suppenschüssel und stellte den Herd ab. Danach füllte sie die Schüssel bis fast zum Rand. Kaum saß sie am Tisch, als das Telefon klingelte. Genervt stand Frau Blechschmidt wieder auf, um in den Flur zum Telefon zu gehen.

„Ruft etwa der Bengel an, weil er zu spät zum Mittagessen kommt?", dachte sie und meinte mit dem Bengel ihren Sohn Falko. Doch als sie sich am Telefon meldete, kam es noch schlimmer, als sie geglaubt hatte. Ihr verhasster Ex-mann war am anderen Ende der Leitung.

„Ist Falko zu Hause", fragte Herr Maaß, nachdem er Frau Blechschmidt begrüßte.

Ohne Gruß sagte sie: „Nein, ist er nicht. Und ich weiß auch nicht, wo er ist. Wahrscheinlich bei einem seiner Freunde".

„Hast du etwas Zeit? Ich muss mit dir über unseren Jungen reden."

„Mach schnell, ich habe Hunger und will essen, es wird alles kalt!" Ihr Ton war unfreundlich.

„Das Essen ist ihr wichtiger als der Junge", dachte Herr Maaß traurig, aber er fragte: „Falko war neulich so verändert. Er sprach kaum und erzählte auch nichts. Wenn ich ihn etwas fragte, wich er mir aus. Er war so still und ich hatte den Eindruck, dass er unglücklich ist. Weißt du, was mit ihm los ist?"

„Was soll schon mit ihm los sein? Nichts ist mit ihm los, er ist in der Pubertät und da haben doch alle Kinder so ihre Problemchen. Es ist nichts Ernstes, das kannst du mir glauben. Mit mir redet er auch nicht viel."

Falkos Vater war bewusst, dass ihm seine Ex-Frau nichts über Falko erzählen wollte. Er verabschiedete sich mit der Bitte, Falko von ihm zu grüßen.

Als der Junge wenige Minuten später nach Hause kam, bekam er von seiner Mutter einen Rüffel. „Wo warst du so lange? Kannst du nicht pünktlich zum Mittagessen erscheinen? Warst du schon wieder bei einem deiner schwulen Freunde und hast mit ihm irgendwelche Schweinereien gemacht?"

Falko zog es vor, nicht auf die Fragen seiner Mutter zu antworten. Das konnte nur weitere unangenehme Äußerungen von ihr nach sich ziehen. Außerdem stellte er fest, dass sie keine Antworten von ihm erwartete, denn sie verließ die Küche mit den Worten: „Wenn du fertig bist mit Essen, dann wasche ab, schließlich habe ich gekocht! Du kannst auch im Hause etwas tun."

Als sie schon im Flur war, rief sie ihm zu: „Übrigens, dein Vater hat vorhin angerufen. Er bedauerte es, dass du nicht da warst und keine Zeit für ihn hattest."

„Hat er etwas gesagt?", fragte Falko.

„Nein, nur dass ich dich grüßen soll!"

*****

Frank war allein zu Hause. Sein Bruder Ralf war gestern am Samstagabend zu seinen Freunden nach Rostock gefahren und schlief bei ihnen. Noch war er nicht nach Hause zurückgekehrt. Die Mutter und Wolf befanden sich bis in den frühen Nachmittag hinein auf der Arbeit. Er schlief sich gründlich aus, was sollte er sonst am Sonntagmorgen mit seiner Zeit anfangen! Wenn er es konnte, schlief Frank gerne und lange. Um elf Uhr stand er auf. Sein Magen knurrte. Zum Frühstück hatte er Appetit auf Rührei. Als er die Eier aufschlug, zerbrach ihm eins. Es beschmutzte die Arbeitsplatte. Bei dem Versuch, das verschüttete Ei wegzuwischen, verschmierte er es über einen Teil der Arbeitsplatte. Schließlich gab er auf, die Arbeitsplatte zu säubern. Das konnte er später immer noch erledigen.

Wenn ein vierzehnjähriger Junge kocht, hat er oft bei der Zubereitung der Speisen seine Probleme. So erging es auch Frank, und als er es endlich geschafft hatte, die Rühreier zu einer schmackhaften Portion zuzubereiten, sah die Küche entsprechend unordentlich aus.

Eierschalen lagen auf dem Herd, das verwischte Ei auf der Arbeitsplatte verklebte die Oberfläche und ihre Kiefernmaserung schimmerte gelblich. Butter war auf den

Fußboden gefallen. Der Junge wollte sie nach Beendigung seines Frühstücks entfernen. Außerdem war ihm Milch aus dem Tetrapack beim Eingießen in ein Glas auf den Küchentisch gespritzt.

Der Junge saß am Tisch und aß mit Genuss sein Rührei. Seine Freude darüber sah man ihm an, seine Laune stand bei einer Skala von Null bis Zehn bei einer glatten Zehn. Soeben war er mit dem Essen fertig und legte sein benutztes Besteck auf den Teller, als er hörte, dass ein Schlüssel in die Wohnungstür gesteckt wurde.

Frank glaubte, dass Ralf endlich nach Hause kam, aber er irrte sich. Plötzlich stand Wolf in der Küche. Der sah sich in der verschmutzten Küche um und Frank beobachtete, wie sich der Gesichtsausdruck seines Stiefvaters von guter Laune bis zur vollkommenen Wut veränderte.

Wolf grüßte nicht, sondern er schimpfte: „Wie sieht es denn hier aus? Das ist der reinste Schweinestall. Habe ich euch nicht gesagt, dass ihr die Küche sauber zu halten habt?"

„Doch, Papa", antwortete Frank ängstlich und dachte: „Mist, ich hätte doch sofort alles wieder sauber machen sollen, aber ich Idiot musste ja erst essen. Schuld bin ich selbst, dass Papa wieder wütend ist."

„Und warum sitzt du hier und frühstückst in aller Seelenruhe? Wenn du etwas schmutzig machst, dann hast du alles wieder ordentlich und sauber zu hinterlassen. Jetzt ist alles angetrocknet. Ich lasse mir doch nicht von dir die schöne neue Küche versauen."

Kleinlaut sagte Frank: „Tschuldigung, Papa, es tut mir leid!"

„Leidtun wird dir das auch! Sofort gehst du in dein Zimmer. Zieh dich aus und warte auf mich, bis ich zu dir komme und dir deine verdiente Strafe verabreiche!"

Mit hängendem Kopf und weichen Knien ging das Kind in sein Zimmer. Frank zitterte am ganzen Körper, seine Angst lähmte ihn nahezu. Er glaubte, dass er zu Recht die Schläge des Stiefvaters empfangen werde. Er wollte erst noch die Küche vor dem Essen säubern, aber der Appetit war größer als sein Reinigungswille. Um Wolf nicht noch zusätzlich zu verärgern und somit noch mehr Schläge zu riskieren, entledigte er sich seiner Kleidung. Nackt blieb er mitten im Zimmer stehen und wartete auf den Mann, den er lieben wollte, es aber nicht konnte. Und doch glaubte er, dass er allein für die jetzige Situation die Schuld trug.

Als Wolf Franks Zimmer betrat, war der Junge zunächst erleichtert. Wolf hatte den gefürchteten Rohrstock nicht mitgebracht, auch Wolfs Gürtel steckte immer noch in den Schlaufen seiner Jeans.

Schnell sagte das Kind: „Bitte, Papa, ich bin Schuld und habe eine Strafe verdient."

Wolf sah dem Jungen an, dass er tatsächlich von seiner Schuld überzeugt war. Leise fragte er: „Dann willst du also deine Strafe annehmen?"

„Ja, Papa." Franks Kopf hing auf seine Brust, er flüsterte beinahe.

Wolf setzte sich auf Franks Bett. „Komme zu mir, mein Junge!" Er sprach, als sollte der Junge eine Belohnung bekommen.

Frank brachte all seinen Mut auf, und stellte sich vor Wolf aufrecht hin. Er wusste, dass der Mann seiner Mutter das erwartete. Kaum stand er vor seinem Peiniger, als der ihm seine großen harten Hände auf den Po legte. Wolf begann, dem Jungen das Gesäß zu streicheln, und sagte: „Ich hoffe, dass du daraus lernst, wie du die Küche herzurichten hast. Es kann immer mal etwas passieren, aber du musst dann auch die Spuren davon beseitigen. Und nun lege dich über meinen Schoß."

*****

Zehn Minuten später lag Frank weinend auf seinem Bett. Sein Po schmerzte heftig, auch seine Oberschenkel hatten dieses Mal einige Hiebe abbekommen. Er schwor sich, in Zukunft erst die Küche und überhaupt alles sauber zu machen und in Ordnung zu bringen, bevor er etwas anderes begann, egal, ob er seinen Hunger oder Durst stillen oder Hausaufgaben für die Schule anfertigen wollte. Er hörte erneut einen Schlüssel, der in das Schloss der Wohnungstür gesteckt und umgedreht wurde. Wenig später vernahm er die aufgeregten Stimmen seiner Mutter und seines Stiefvaters.

Frank wusste, dass sich seine Mutter seinetwegen mit Wolf stritt. Der hatte ihr sicherlich erzählt, dass er ihn bestraft hatte. Der Junge stand auf, zog sich seine Hosen an und ging ins Wohnzimmer, aus dem die lauten Stimmen seiner Mutter und des Stiefvaters herausdrangen.

„Bitte streitet euch nicht, bitte, Mama, ich bin selbst schuld, dass Papa mich bestraft hat!", sagte Frank, der in diesem Moment von der Richtigkeit seiner Worte überzeugt war.

Frau Wolf ging zu ihm. Wortlos nahm sie ihn in ihre Arme und gab ihm einen Kuss auf die Stirn. Heute ließ sich Frank das gefallen. Danach sagte die Mutter zu ihm, dass er in sein Zimmer gehen sollte, sie werde in einigen Augenblicken zu ihm kommen.

Fünf Minuten später saß Frau Wolf in Franks Zimmer auf der Kante seines Bettes. Der Junge kauerte neben ihr und sie streichelte ihm über die Haare. Frank bemerkte, dass seine Mutter sehr aufgeregt war, obwohl sie sich zur Ruhe zwang. Sie meinte, dass Wolf ihn nicht hätte schlagen dürfen, nur weil er die Küche verschmutzt habe. Danach ging Frau Wolf in die Küche, um diese wieder herzurichten. Doch bevor sie sich an die Arbeit machte, holte sie sich aus ihrer Apotheke eine Beruhigungstablette, bereits die dritte an diesem Tag.

Endlich machte sie sich ans Werk. Mit nur wenigen Handgriffen war der ursprüngliche Zustand der Arbeitsplatte wieder hergestellt. Dabei dachte sie: „Diesmal hat mein Mann aber wirklich übertrieben."

Ungerechte Härte

Lange lag Frank weinend auf seinem Bett. Er weinte nicht, weil ihm sein Po wehtat, sondern aus Wut über sich selbst. Und jetzt stritten sich seinetwegen seine Eltern, weil er einen Fehler begangen hatte. Er wollte seiner Mutter erklären, warum er zu Recht bestraft worden war, doch sie schickte ihn wieder weg. Etwas später kam sie zu ihm in sein Zimmer und wollte ihm Trost spenden. Doch richtiger Trost war das nicht, was sie ihm gab. Er war froh, dass sein Stiefvater ihn diesmal nicht mit dem Rohrstock verprügelt hatte.

Sonderbare Gedanken gingen dem Jungen durch den Kopf, Gedanken, die Kinder und Jugendliche normalerweise nicht haben. Er dachte über den Tod nach. Wie mochte es wohl sein, wenn man tot war? War es vielleicht so, als wenn man tief und fest und traumlos schlief? Man schlief ein und wenn man erwachte, war es schon viele Stunden später. In der Zeit des Schlafes spürte man nichts. Man sah fühlte und hörte nichts. Dann wollte Frank lieber tot sein, als weiterleben zu müssen. Die ständigen Bestrafungen durch den Mann, der mit seiner Mutter verheiratet war, konnte und wollte er nicht mehr ertragen.

Sich bemühen, alles richtig zu machen und den Stiefvater gerne zu haben, war das eine. Aber Frank glaubte, dass er zu viele Fehler machte und somit seinen Stiefvater ständig provozierte.

Es war aber auch alles verzwickt. Der Junge wollte seinen Stiefvater gerne haben, aber weil, der ihn oft für kleine Fehler hart bestrafte, konnte Frank das nicht.

Nachdem die Mutter ihn allein gelassen hatte, wurde ihm bewusst, dass sie es war, die seinen „Dreck" wegmachte. Er ging zu ihr in die Küche und wollte helfen, doch war sie schon längst mit der Arbeit fertig. „Wie hast du das nur so schnell wieder sauber gekriegt?"

„Mit den richtigen Putzmitteln bekommt man alles wieder schnell sauber." Die Mutter lächelte ihren Jüngsten an.

„Und welche Putzmittel sind das?"

„Das sind jedes Mal andere, auch du wirst das noch lernen, wann man welche Mittel benutzen muss!"

Mit dieser Antwort wurde Frank nicht klüger. Also bestand beim nächsten Mal wieder die Möglichkeit, dass er alles falsch machte, falls er nicht schon beim ersten Versuch das richtige Putzmittel fand! Resigniert fragte er: „Darf ich zu Falko und Jörg auf den Schulhof gehen, wir haben uns zum Fußballspielen verabredet."

Frau Wolf erlaubte ihm das mit einem herzlichen und liebevollen Lächeln und einem Kuss auf seine Wange.

Schnell war Frank verschwunden. Die Schule befand sich drei Straßen von seinem Zuhause entfernt.

Außer Atem kam er bei seinen Freunden an. Sein Po tat immer noch weh, aber so schlimm war das nicht mehr und Verweint sah er auch nicht mehr aus. Mit einem strahlenden Lächeln im Gesicht begrüßte er Jörg und Falko.

„Na, alles klar bei euch?", fragte er.

„Haste Bock auf Fußball", fragte Jörg zurück.

„Klar, Mann, wo haste 'n Ball?", wollte Frank wissen.

„Na, wo wohl schon?", mischte sich Falko ins Gespräch ein, „da, wo er hingehört, wenn wir nicht spielen."

Der Ball lag immer im Tor, wenn sie eine Pause einlegten oder auf weitere Mitspieler warteten. Frank lief zum Tor, zog den Ball geschickt mit der Sohle zurück und nahm ihn mit der Fußspitze auf seinen Fußrücken. Mehrmals jonglierte er den Ball und bewegte sich auf diese Art langsam zu seinen Freunden zurück. Noch drei andere Jungen aus ihrer Klasse stellten sich ein und bewunderten ihn, wie sicher er mit dem Ball umging. Einen von ihnen schoss Frank das runde Leder zu. Jörg meinte: „Frank du bist ein guter Fußballer und du solltest endlich einmal zum Training mitkommen!"

Aber leider verbot ihm das sein Stiefvater. Wolf sagte, Fußball sei kein Sport, da liefen bloß elf dumme Menschen einem Ball hinterher. Mit ihm über Fußball zu reden war sinnlos, denn er ließ sich nicht von der Schönheit und Komplexität dieses Sportes überzeugen.

„Ach, hör doch damit auf! Du weißt doch, dass ich das nicht darf!" Frank wurde traurig.

„Ja, ich weiß, entschuldige bitte!", murmelte Jörg.

Laut und betont fröhlich sagte Frank, sodass alle ihn hören konnten: „Sind denn jetzt alle da, die mitspielen wollen?" Er wollte sich von trüben Gedanken ablenken, von Wolf und seinen Bestrafungen, weil ihm sein Po immer noch wehtat.

„Ja, es sind alle da, wenn ich das richtig sehe!", meinte ein Mitschüler. Acht Jungen hatten sich versammelt.

„Dann lasst uns wählen. Wer macht das?", fragte Frank.

„Du und Jörg, ihr könnt wählen, wenn ihr in einer Mannschaft spielt, haben die anderen ja gar keine Chance zu gewinnen!", meinte einer der Jungen.

Frank war enttäuscht. Er wollte mit Jörg zusammen in einer Mannschaft spielen, aber immer hatten die anderen Jungen Angst, dass sie dann verlieren könnten. Aber wenn Frank ehrlich zu sich selbst war, musste er zugeben, dass der Junge recht hatte. Jörg sagte: „Na, los, komm schon, wir fangen an."

Als die Teams gebildet waren, steckten sie sich ein Spielfeld ab, das groß genug war, damit zwei Mannschaften mit je vier Spielern ausreichend Platz zum Kombinieren und Laufen hatten. Danach begannen sie ihr Spiel. Mit einem festen Torwart spielten sie nicht, derjenige, der sich am nächsten am eigenen Tor befand, durfte den Torversuch der gegnerischen Mannschaft als Torwart vereiteln.

Falko spielte gerne mit seinen Freunden Fußball, doch konnte er nicht so gut mit dem Ball umgehen wie die anderen. Er kämpfte um jeden Ball, manchmal gelang ihm dabei eine gute Aktion, aber meist wurde er von seinen Gegenspielern mit Leichtigkeit ausgespielt. Seine Mitspieler spielten ihn meist nur an, wenn er ungehindert den Ball annehmen und schnell zu einem anderen Mannschaftskameraden weiterspielen konnte. Trotzdem hatte er auf dem Bolzplatz mit seinen Freunden viel Spaß. Zu Hause fühlte er sich nicht wohl, dort würde seine Mutter doch wieder mit ihm schimpfen. Jede Gelegenheit nutzte sie, um ihm verbal wehzutun. Dabei war sie nie zimperlich in ihrer Wortwahl. Falko hatte das Gefühl, dass die Gemeinheiten seiner Mutter keine Grenzen kannten und von Mal zu Mal schrecklicher wurden. Erst gestern hatte sie ihm wieder einmal auf Perfiderweise den Tod gewünscht.

Frank und Falko spielten in einer Mannschaft und Frank lobte ihn für jede gute Aktion und wurde selbst für seine gelungenen Kombinationen und erfolgreichen Torschüsse von seinen Mannschaftskameraden gefeiert. Sie führten bereits mit zwei Toren, doch Jörg war ein starker Gegner, der zu jeder Zeit für ein Tor gut war. Also noch war das Spiel für Falko und Frank nicht gewonnen, es ging auf dem Spielfeld hin und her.

Plötzlich stand Jörg vor Falko. Als letzter Mann seiner Mannschaft wurde Falko zum Torwart. Niemand konnte ihm helfen, er musste sich allein gegen Jörg behaupten. Alle glaubten fest daran, dass dieser nun den Spielrückstand verkürzte. Er versuchte mit einem einfachen Trick, Falko auszuspielen. Dabei brachte er seinen Körper zwischen sich und den Ball, sodass Falko ihn nur mit einem Foul stoppen konnte. Jörg brauchte nur noch eine halbe Umdrehung, um den Ball ins Tor schießen zu können. Doch Falko attackierte ihn hart. Er setzte seinen Körper ein und stemmte sich gegen Jörg, um den so vom Tor wegzuschieben. Tatsächlich gelang ihm das und Jörg war von der Hartnäckigkeit seines Freundes so überrascht, dass er unaufmerksam wurde. Für einen kleinen Augenblick ließ er den Ball etwas zu weit von seinem Spielbein wegrollen. Als er das bemerkte, wollte er blitzschnell seinen Körper wieder vor den Ball schieben. Doch Falko hatte aufgepasst. Genau in diesem Moment wagte er ein Tackling. Noch im Fallen berührte er leicht mit seinem rechten Fuß das Spielgerät. Jörg traf es zur gleichen Zeit. Doch reichte Falkos Einsatz aus, um den Ball neben dem Tor ins Aus zu lenken.

Während Falko dem Ball nachlief, um ihn schnell zurückzuholen, wurde er von seinen Freunden bejubelt und gelobt. Jörg schlug ihm anerkennend auf die Schulter, als Falko den Ball mit einem Abstoß zurück ins Spiel bringen wollte. „Das war ganz große Klasse, wie du das gemacht hast."

In diesem Moment war der sonst so schweigsame Falko glücklich. In letzter Zeit hatte er meist ein ernsthaftes Gesicht, aber jetzt lächelte er. Dass seine Jeans bei seinem Einsatz gegen Jörg schmutzig wurde und einen kleinen Riss neben der Naht erlitt, bemerkte er nicht.

Frank nahm Falkos Pass geschickt an, indem er den Ball mit der Fußspitze auf seinen Fußrücken rollen ließ. Er hob ihn in die Luft, drehte sich schnell dem gegnerischen Tor zu und schoss direkt und scharf ein. Das war ein Sonntagsschuss nach Maß.

Jetzt wurde Frank von allen gelobt und bejubelt. Das war ein schönes Gefühl für ihn, so viel Aufmerksamkeit und

Anerkennung zu bekommen. Nun erging es ihm genauso wie vorher Falko. Der Junge fühlte aufsteigende Glücksgefühle wie schon lange nicht mehr. In diesem Augenblick hatte er vergessen, dass er vor wenigen Stunden für eine Lappalie körperlich bestraft wurde. Er hatte seine Mannschaft mit drei Toren in Führung gebracht. Das machte ihn ebenso glücklich wie nur wenige Sekunden zuvor Falko, der ein Tor für die Gegner auf spektakuläre Weise verhindert hatte.

Zufällig sagte genau in diesem Augenblick ein Mitspieler: „Oh, die Scheiße, es ist ja schon halb acht!"

Der Schreck fuhr Falko und Frank gleichzeitig in die Glieder. Längst hätten sie zu Hause sein müssen. Sie hatten die Zeit vergessen. Ihre Glücksgefühle verließen sie und Angst bemächtigte sich ihrer. Falko ahnte schon jetzt, dass seine Mutter ihn wieder aufs Übelste beschimpfen werde, wo ihm das doch so weh tat. Oft musste er sich anhören, wie dumm und nutzlos er sei und dass es für die Welt viel besser sei, wenn er nicht geboren worden oder, noch besser, schon tot sei. Das würde ihr, seiner Mutter, viel Ärger, Arbeit und Geld ersparen.

Frank wusste, dass seine Mutter um diese Zeit zu einer Freundin gefahren war. Ralf war schon siebzehn Jahre alt und durfte bis einundzwanzig Uhr außer Haus bleiben. Also war er mit seinem Stiefvater allein, wenn er nach Hause kam. Was das für ihn bedeutete, konnte er schon jetzt ahnen. Trotzdem verabschiedete er sich schnell, beinahe panisch von seinen Freunden und lief, so schnell er konnte, nach Hause. Nur so konnte er vielleicht noch das Schlimmste verhindern. Das hoffte er wenigstens.

Doch als er die Wohnungstür aufschloss, wurde er bereits von Wolf erwartet. Sein ganzer Mut wich einer totalen Verzweiflung. Mit Tränen in den Augen entschuldigte er sich

124

leise, mutlos und angsterfüllt für sein Zuspätkommen. Dass er und seine Freunde, während sie Fußball spielten, die Zeit vergaßen hatten, konnte er nicht mehr sagen, weil ihn eine kräftige Ohrfeige traf. „Du weißt, was du zu tun hast!", schrie ihn der Mann seiner Mutter an.

„Ja, Papa", kam es leise und ängstlich über die Lippen des Kindes. Mit hängendem Kopf trottete er in sein Zimmer und zog sich aus. Nackt wartete er auf seine Bestrafung. Einige Minuten ließ Wolf seinen Stiefsohn warten. Wolf dachte: „Wie dumm der Junge doch ist, dass er sich an einem Tag gleich zweimal seinen Arsch versohlen lässt."

An diesem Abend empfand Frank die Prügel noch viel schlimmer als am Mittag.

*****

Falko erging es nicht besser. Auch seine Mutter erwartete ihn voller Ungeduld. Als sie seine verschmutzte und zerrissene Jeans bemerkte, bekam auch er eine Ohrfeige. „Du gehst sofort, und zwar ohne Abendbrot, ins Bett! Ich will dich nicht mehr sehen, du kleiner Schmutzfink! Nichts als Ärger und Arbeit bereitest du Dreckschwein einem. Es wäre besser gewesen, wenn dein Vater dich gegen einen Zug gewichst hätte, dann wärst du jetzt noch unterwegs. Wenn der liebe Gott mich doch nur von dir befreien würde!"

Jedes einzelne Wort traf den Jungen schlimmer, als wenn er geschlagen worden wäre. „Warum versohlt sie mich nicht einfach?", fragte er sich völlig verunsichert. Tränen standen ihm in den Augen. Als er endlich im Bett lag, zog er sich die Bettdecke über den Kopf und weinte still vor sich hin. Außerdem unterdrückte er seine Schluchzer, damit seine Mutter ihn nicht weinen hörte. Sonst kam sie womöglich zurück und beschimpfte und beleidigte ihn erneut. Dann waren ihm Worte wie diese sicher: „Na, weint mein kleines Mädchen wieder?!" Oder: „Nur Schwuchteln heulen bei jedem Anlass! Du bist eine Schwuchtel, ein Schwanzlutscher, oder bist du gar ein Arschficker?!"

Als er sich endlich beruhigt hatte, dachte er unwillkürlich daran, dass seine Mutter ihn tot sehen wollte. Immer wieder machte sie solche Bemerkungen. Er fragte sich, ob es tatsächlich das Beste sei, wenn er sterben würde. Wer außer seinem Vater, Frank und Jörg mochte ihn schon? Allen anderen war er egal! Das glaubte er. Aber was sollte er tun, um sterben zu können? Ständig zermarterte er sich darüber das Hirn. Doch fiel ihm keine Lösung ein, keine, die ihm nicht Schmerzen bereitet hätte. Er hatte einmal gehört, dass selbst Hunger wehtat. So richtig konnte er sich das mit seinem kindlichen Verstand nicht vorstellen, musste aber zugeben, dass es unangenehm war, wenn er ohne Essen ins Bett geschickt wurde. Sein Magen knurrte und er hatte das Gefühl, als seien kleine junge Hunde in seinem Bauch. Deshalb konnte Falko nicht einschlafen.

Die Lehrerin und das Jugendamt

Schon seit langer Zeit sprachen Frank und Falko miteinander über ihre entsetzlichen Leiden, die sie im Elternhaus erlebten. Damit gaben sie sich gegenseitig Kraft und Mut, ihr Schicksal zu ertragen, was ihnen mehr schlecht als recht gelang. Für beide Jungen war es wichtig, dass sie in dem anderen einen zuverlässigen, verständnisvollen und verschwiegenen Freund hatten, mit dem sie ihre Not teilen konnten. Deshalb war ihre Freundschaft für sie etwas Besonderes und wurde sehr intensiv. Obwohl Jörg genauso ihr Freund war, sprachen sie mit ihm nicht so offen über ihre Misshandlungen.

Nach einer schlimmen Tortur, die Frank von Wolf über sich ergehen lassen musste, riet Falko dem Freund, endlich Herrn Anders, dem Klassenlehrer, oder Frau Pagels, die Religionslehrerin, einzuweihen. Frank wollte dem Rat seines Freundes folgen und sich der Religionslehrerin anvertrauen. Doch dann fehlte ihm dafür doch der Mut.

So kam ihm der Zufall zur Hilfe. Im Religionsunterricht sammelte die Lehrerin für einen Schülergottesdienst anonyme Botschaften, Nachrichten, Klagen und ähnliche Dinge ihrer Schüler. Franks Beitrag schockierten sie, sie wusste aber nicht, ob da seine durchaus vorhandene Fantasie mit ihm durchgegangen war, oder ob er sie vielleicht sogar veralbern wollte, denn der Religionsunterricht und auch die Lehrer, die dieses Fach lehrten, waren oft das Ziel des Spotts und vieler Scherze der Schüler. Aber sie erkannte seine Handschrift und in der Pause sprach sie mit ihm. So erfuhr sie, dass er regelmäßig geschlagen wurde.

Nun wusste sie nicht, was sie tun sollte, nahm sich jedoch vor, ihn in Zukunft zu beobachten. Jedoch blieb Frank danach lange Zeit wenig auffällig.

Einige Wochen später wurde er im Unterricht wieder nervöser, unaufmerksam und unkonzentriert. Es ereignete sich ein dummer Zwischenfall und daraufhin besorgte die Lehrerin für ihn einen Termin bei der Jugendberatungsstelle in Rostock.

So fassten Falko und Frank gemeinsam Mut, diese Jugendberatungsstelle aufzusuchen. An einem Dienstag fuhren sie nach der Schule mit dem Zug ihrem Ziel entgegen. Das Wetter war wie ihre Stimmung: trübe und stürmisch.

Schweigend saßen sie sich im Zug gegenüber und hingen ihren traurigen Gedanken nach. Frank musste immer wieder daran denken, dass Wolf ihn womöglich noch einige Jahre so furchtbar schlagen werde, denn der machte auch vor Ralf nicht halt, obwohl der Bruder siebzehn Jahre alt und viel kräftiger als er selbst war. Gegen die vielen Prügel konnte Frank sich nicht wehren, er war noch ein Kind.

Die Mutter war viel zu schwach für den starken und körperlich groß gewachsenen Waldarbeiter, um dem Einhalt gebieten zu können.

Falko konnte die ewige Schimpferei seiner Mutter nicht mehr ertragen. Ständig nörgelte sie an ihm herum. Wenn ihr seine nicht vorhandenen schwulen Freunde keinen Stoff für weitere Beschimpfungen und Beleidigungen lieferten, waren es andere Dinge, über die sie mit ihm stritt. Einmal waren es seine „überaus langen Haare", die „liederlich" aussahen, oder seine „verdreckten Klamotten", ein anderes Mal gaben ihr die nicht geputzten Schuhe einen Grund, ihren Sohn zu beschimpfen. Manchmal bekam der Junge eine Ohrfeige, weil er sich in der mütterlichen Wohnung aufhielt. In den letzten Wochen und Monaten forderte Frau Blechschmidt Falko sogar zum Selbstmord auf.

Heute hatten sie im Deutschunterricht einen Aufsatz zurückbekommen. Den hatte er verhauen, weil er mit seinen

Gedanken bei einer seiner furchtbaren Auseinandersetzungen mit seiner Mutter war, sie schweiften vom Aufsatz ab, Falko konnte sich dagegen nicht wehren. Er wollte ergründen, warum die Mutter ihn stets so hässlich behandelte und ob er das nicht ändern konnte. Aber ihm fiel nichts ein, was er tun könnte, um sie zu besänftigen.

Nach der Schule ging er nach Hause und zeigte der Mutter den Aufsatz, damit sie ihn unterschrieb. Als sie die Zensur erblickte, sagte sie in scharfen Ton: „Siehst du, selbst dafür bist du zu doof. Du bist ein nutzloser Kerl, der nichts ist und nichts kann! Du liegst mir und anderen Menschen, die fleißig ihre Aufgaben erfüllen, auf der Tasche! Du atmest uns sogar unsere Luft weg! Du solltest dich einfach aufhängen oder auf eine andere Weise umbringen, du hast überhaupt kein Recht mehr zu leben! Du bist nur noch ein unnützer Esser ohne Daseinsberechtigung auf dieser Welt!"

Deshalb war es keine Überraschung, dass Falko begann, über den Tod nachzudenken.

Frank sah aus dem Fenster des Zuges. „Sieh nur, Falko, es regnet!"

Der Freund erwiderte einsilbig: „Ja, ich habe es gesehen." Aber dann wechselte er das Thema. Zweifelnd fragte er: „Meinst du, dass es richtig ist, dahin zu fahren?"

Frank sah den Freund überrascht an. „Das war doch Frau Pagels' Idee! Wenn wir etwas ändern wollen, sollten wir schon dahinfahren. Ich weiß nicht, wie lange ich das alles noch ertragen kann." Mühsam unterdrückte er die Tränen, die aus seinen Augen hervorzubrechen drohten. Er fühlte sich nicht wohl, eher wie ein Verräter. Aber er wusste, wenn er jetzt seinen Mut verlor, würde er immer wieder von Wolf für geringfügige Vergehen grün und blau geprügelt.

„Du hast recht", antwortete Falko.

Damit endete das Gespräch. Wieder beschäftigten sie sich mit ihren eigenen Gedanken. Frank musste an die Religionslehrerin denken.

Frau Pagels hatte ihm im Unterricht sein Handy weggenommen, weil er ihren Ausführungen nicht folgte. Er war unkonzentriert und las unter dem Tisch seine empfangenen SMS, die er schon mehrere Male gelesen hatte. Nach dem Unterricht sprach Frau Pagels mit ihm allein, als seine Mitschüler den Klassenraum verlassen hatten. Die Lehrerin meinte, Franks Eltern sollten das Handy von ihr in einer Elternsprechstunde abholen. In diesem Augenblick brach der Junge plötzlich zusammen, er weinte hemmungslos und wollte sich gar nicht mehr beruhigen. Erschrocken versuchte Frau Pagels, herauszufinden, was mit dem Jungen Los war; eine solche Reaktion eines Vierzehnjährigen hatte sie in fast dreißig Jahren an der Schule noch nie erlebt. So erfuhr sie schließlich von den Misshandlungen.

Frau Pagels war schockiert und zunächst sprachlos. Sie erinnerte sich an Franks Schilderungen damals, als sie den Gottesdienst für die Schüler vorbereitete. Dass Frank ihr jetzt etwas vorschwindelte oder nur einen Scherz machte, schied für die Frau aus. Keine Frage, hier stand ein misshandelter Junge vor ihr. Sie überlegte, was zu tun war. Frank brauchte Hilfe. Sie beschloss, den Klassenlehrer Herrn Anders und die Schulleitung zu informieren. Sie selbst wollte sich Franks Problemen annehmen und versprach ihm zu helfen und redete ihm gut zu. „Weißt du Frank, das ist alles sehr schlimm für dich, aber du musst aufhören, dir selbst die Schuld daran zu geben. Du wirst nicht bestraft, sondern misshandelt, das musst du dir immer wieder klarmachen. Und das ist nichts, wofür du dich schämen müsstest."

Aber es war der Lehrerin auch bewusst, dass sie keinen Streit mit den Eltern wollte, weil Frank der Leidtragende gewesen wäre, aber sie musste etwas tun.

Also wollte sie zuerst das Gespräch mit der Schulleitung suchen. Vermutlich musste sie danach die Eltern zu einem Gespräch einladen, denn die musste sie anhören. Dabei wollte sie so deeskalierend wie möglich vorgehen. Aber sie wollte Franks Eltern durch die Blume zu verstehen geben, dass sie die Augen offenhalten werde. Das erschien Frau Pagels wichtig. Dass Franks Eltern im Gespräch alles abstreiten würden, davon ging sie aus. Vielleicht würde der Stiefvater den armen Jungen danach erst recht wegen des „Verrats", den Frank in seinen Augen an ihm begangen hatte, verprügeln und zudem noch einschüchtern.

Ob das Jugendamt eingeschaltet werden musste, sollte die Schulleitung mitentscheiden. Diese Entscheidung jedoch war frühestens nach dem Elterngespräch aktuell. Die Lehrerin überlegte, ob sie vielleicht eine Kinder- und Jugendtherapeutin in ihrer Stadt anrufen sollte, die sie persönlich kannte, um sie nach ihrer Meinung zu fragen. Das konnte auf keinen Fall falsch sein.

So besprach die Lehrerin mit Frank, wie sie vorgehen wollte. Am Ende des Gespräches sah sie ihm eindringlich in die Augen. „Frank, ich muss dich noch auf etwas hinweisen. Dein Stiefvater wird dein Gespräch mit mir als Verrat ansehen und wird dich dafür bestimmt bestrafen."

Frank begann, wieder zu weinen. Trotzdem stimmte er Frau Pagels' Vorschlägen zu. Er wollte, dass Wolf endlich aufhörte, ihn zu schlagen.

Frau Pagels fühlte sich in diesem Moment genauso unwohl wie Frank. Irgendwie saß sie in der Klemme. Natürlich wollte sie nicht, dass dem Jungen wehgetan wurde. Aber sie glaubte, dass ihr Vorhaben der einzige Weg war, um Frank auf Dauer helfen zu können. Halbe Sachen waren nicht ihre Art.

Insbesondere liebte sie Kinder und deshalb durften ihre Schüler und Schülerinnen sie besuchen, wann immer sie das wollten. Zu ihrem Leidwesen machte kaum ein Schüler von ihrem Angebot Gebrauch.

Sie informierte mit Franks Einverständnis den Klassenlehrer. Der schon etwas in die Jahre gekommene Lehrer erklärte seiner Kollegin: „Frank hat nur eine Chance, wenn seine Eltern zur Verantwortung gezogen werden können. Auch auf die Gefahr hin, dass er noch einmal geschlagen werden sollte. Richtig war es natürlich, die Schulleitung einzuschalten, aber das Jugendamt muss ebenso informiert werden. Und der Junge sollte von allen Lehrern, insbesondere dem Sportlehrer, beobachtet werden. Bei den geringsten Verletzungen sollte man einen Arzt hinzuziehen."

Das sah Frau Pagels genauso. „Dann sieh mal zu, wie du die Sache für diesen armen Jungen am besten geregelt bekommst", dachte die Frau. Ebenso schien es ihr richtig, dass Frank sie in der Schule zu Gesprächen aufsuchte und nicht in ihrer Wohnung. Sie wollte den Eltern keine Angriffsmöglichkeiten gegen sich selbst liefern. Aber wenn Frank mit ihr in Kontakt treten sollte, wollte sie für ihn da sein.

Als Frau Pagels allein war, begann ihr Kopf zu arbeiten. Sie konnte die von Frank gehörte Geschichte immer noch nicht fassen. Viele Gedanken gingen ihr durch den Kopf.

Sie ging zum Schulleiter und informierte diesen über Franks langen Leidensweg. Der hörte sich alles an und meinte danach: „Die Schule geht ein solcher Vorfall nicht direkt etwas an. Ansprechpartner für einen solchen Fall ist die Beratungsstelle für Kinder und Jugendliche in Rostock. Die ist mit dem Jugendamt verbunden und kann es einschalten, muss das aber nicht unbedingt tun. Das wird von

Fall zu Fall entschieden. Dort kann Frank, wenn er das will, kurzfristig einen Gesprächstermin bekommen. Somit ist diese Beratungsstelle auch aus meiner Sicht die richtige Instanz."

Frau Pagels bot dem Jungen an, ihn zum ersten Termin zu begleiten. Daneben bestand außerdem die Möglichkeit, dass die Lehrerin sich selbst mit einem dafür geschulten Mitarbeiter zusammensetzte, um mit dem ihr weiteres Vorgehen abzustimmen und sich überhaupt nach ihren Möglichkeiten und Grenzen zu erkundigen. Aber wichtig war, dass Frank selbst seine Möglichkeiten wahrnahm. Und die erste war der Termin bei der Kinder und Jugendberatungsstelle, zu der Frank mit seinem Freund Falko in diesen Minuten war.

Was Frank nicht wusste, dass Frau Pagels auf einer Klassenkonferenz die anderen Lehrer informierte. Die gaben ihr darin recht, dass sie der Sache nachgehen müsse. Sie alle sollten die Augen offenhalten, ob es in der Zukunft bei Frank irgendwelche Verletzungen gäbe.

Schließlich meldete sich der Physiklehrer zu Wort, ein spröder alter Junggeselle, Außenseiter im Kollegium, dem er aber seit Jahrzehnten angehörte. Hatte er je eine andere Schule von innen gesehen? Ohne Umschweife erklärte er: „Ich glaube Frank kein Wort. Seine Mutter erscheint mir so, dass sie ihr Nesthäkchen überbehütet und ihm jeden Wunsch von den Augen abliest. Nein, dass ihr Sohn geschlagen oder gar so brutal misshandelt wird, das kann ich mir nicht vorstellen."

„So, so", dachte Frau Pagels, „du kannst es dir nicht vorstellen! Was glaubst du denn, du Naturwissenschaftler, was sich die Menschen in ihrer Geschichte alles nicht vorstellen konnten!"

„Man sollte auch daran denken", fuhr der Physiker fort, „dass die Eltern doch aus allen Wolken fallen müssen, wenn plötzlich das Jugendamt bei ihnen auftaucht!"

Frau Pagels spürte einen sehr unheiligen Zorn in sich aufsteigen.

Und schließlich verstieg sich der Physiklehrer sogar zu der Bemerkung: „Ich habe durchaus Verständnis dafür, wenn sich Frank ab und zu eine Ohrfeige einfängt, denn der benimmt sich ja auch dementsprechend ..."

„Aber das verstößt doch gegen Recht und Gesetz, Herr Kollege!", platzte Frau Pagels heraus, „und ..."

In diesem Moment glotzte sie der Physiklehrer mit dem Ausdruck eines störrischen Kalbs an und fragte: „Frau Pagels, haben Sie Kinder?"

Die Religionslehrerin war so perplex, dass sie die Frage nicht an den Physiker zurückgab, der auf alle wirkte, als habe er sich in seinem Leben noch keiner Frau auf zehn Meter Entfernung genähert.

Später sprach Frau Pagels noch einmal mit Frank. Sie machte ihm unmissverständlich klar, was auf ihm zukommen konnte, wenn er wollte, dass sie ihm half. Es war leider so, dass Frank nicht vor den Attacken seines Stiefvaters geschützt werden konnte. So makaber das war, aber es konnte ihm nur geholfen werden, wenn er nach einem Gespräch der Eltern in der Schule von Wolf noch einmal so verprügelt werde, dass Spuren vorhanden blieben, die er von einem Arzt dokumentieren lassen musste. Das musste der arme Junge dieses eine Mal noch ertragen. Eine andere Möglichkeit gab es leider nicht.

*****

Frank und Falko saßen vor einer Mitarbeiterin der Jugendberatungsstelle. Sie hatten sich mit Frau Pagels getroffen, die den Termin vereinbart hatte. Sie waren sehr aufgeregt. Zunächst wollte Falko diese Gelegenheit nutzen und der Mitarbeiterin der Beratungsstelle, ebenso wie Frank, von seinen Problemen berichten. Aber die Angst vor seiner Mutter siegte am Ende doch und er entschied sich dagegen, auch deshalb, weil er und Frank sich mit Frau Pagels verabredet hatten und die von seinen Schwierigkeiten nichts wusste. Kein gutes Zureden von Frank half, um Falko umzustimmen.

Doch Frank war mutiger. Er konnte sogar Falkos Hilfe in Anspruch nehmen. Das Gespräch verlief in sehr ruhigem Rahmen. Nachdem die Jungen sich mit Frau Pagels getroffen hatten, suchten sie gemeinsam mit der Lehrerin die Beratungsstelle auf. Nach einer freundlichen Begrüßung, während der sich die Beamtin ihren Besuchern vorstellte, erzählte Frank von den vielen Bestrafungen durch Wolf. Es fiel ihm sehr schwer, darüber zu sprechen. Mehrmals kamen ihm die Tränen. Er schämte sich und hatte außerdem Angst. Je länger Frank über seine Peinigungen durch Wolf sprach, desto schlechter fühlte er sich. Er hatte das Gefühl, dass er seinen Stiefvater verriet und zu Recht eine weitere Bestrafung verdient hätte.

Falko bestätigte, dass er Franks geschwollene Hämatome auf dem Bauch, dem Po und der linken Körperhälfte gesehen hatte. Das war sehr wichtig.

Danach erzählte Frank, dass er mit seinen Eltern auskommen und keine Prügel mehr bekommen wollte. Entsprechend wurden im Gespräch Möglichkeiten entwickelt, wie er Eskalationen zu Hause und in der Schule vermeiden könnte. Damit war Frank sehr zufrieden.

*****

Am nächsten Tag sprachen Frank und Frau Pagels über ihren Besuch in der Beratungsstelle. Die Lehrerin teilte Franks Zuversicht keineswegs, aber das Ergebnis war, wie er es sich gewünscht hatte. Dass ein 14-jähriges Kind mit seinen Eltern gut auskommen und von ihnen geliebt werden wollte, lag doch auf der Hand!

Trotzdem ermahnte ihn die Pädagogin. „Du kannst zu jeder Zeit zu mir kommen und sollst das auch unbedingt tun, wenn etwas vorgefallen ist, denn es gibt immerhin die Möglichkeit, dass das Ganze für dich noch nicht ausgestanden ist." Sie behielt für sich, dass sie davon sogar überzeugt war, wollte Frank aber nicht in falscher Sicherheit wiegen. „Es bleibt uns jetzt nichts anderes übrig, als abzuwarten. Mehr können wir leider nicht tun."

Sie war nicht zufrieden. Hatte denn Frank nicht auch schon in der Vergangenheit alles getan, um Misshandlungen zu vermeiden? Und natürlich werde sich jemand wie Wolf kaum von einer Behörde bremsen lassen! Sie fürchtete, irgendwann werde der Junge glauben, allein gelassen worden zu sein, auch von den Erwachsenen, denen er sich anvertraut hatte. Und dann? Sie wagte, den Gedanken nicht zu Ende zu denken.

*****

In der Folgezeit war Frank, das war fast allen Fachlehrern aufgefallen, außergewöhnlich dankbar für jedes freundliche Wort. Ihm schien es gut zu gehen, er war im Unterricht wie ausgewechselt. Er arbeitete eifrig mit, seine Hausaufgaben waren vorbildlich angefertigt, seine schulischen Leistungen verbesserten sich.

Doch sehr lange hielt dieser Zustand nicht an. Frank wurde im Unterricht wieder unruhiger und er begann sich erneut von seinen Klassenkameraden zurückzuziehen.

Nur zwei Wochen nach dem Gespräch in der Jugendberatungsstelle suchte Frank Frau Pagels im Lehrerzimmer der Schule auf. Ohne vorher viele Worte zu verlieren, berichtete der Junge: „Am Montag vor einer Woche und am letzten Sonntag wurde ich von Wolf schon wieder geschlagen. Am Sonntag war es etwas hektisch zugegangen, da Wolf nach einem Unwetter zur Arbeit in den Wald gerufen wurde. Als ich Wasser aufkochen wollte, habe ich unseren Wasserkocher kaputt gemacht."

„Was ist denn geschehen?", wollte die Lehrerin wissen.

„Ich habe den Wasserkocher mit etwa einem halben Liter Wasser gefüllt und an die Steckdose angeschlossen. Danach habe ich die Küche für ein paar Minuten verlassen. Als ich zurückkam, war das Wasser ausgelaufen.

Ich habe alles wieder sauber gemacht und ihn erneut mit Wasser gefüllt. Das Wasser lief langsam aus dem Kocher heraus und er ließ sich nicht mehr einschalten. Wolf ließ sich nicht davon abbringen, dass ich daran schuld war. Er hat mich wieder geschlagen und ich muss einen neuen Wasserkocher von meinem Taschengeld bezahlen."

„Der Wasserkocher wird schon undicht gewesen sein und durch das auslaufende Wasser ist sicherlich die Sicherung herausgesprungen. Wie alt war der Wasserkocher denn?"

„Solange ich denken kann, war der schon immer da", antwortete Frank.

„Dann war das Gerät altersschwach." Frau Pagels machte eine kleine Pause und sprach danach weiter: „Ich habe ja mit solchen Vorkommnissen gerechnet. Ich hoffe, wir bekommen sehr bald einen Termin beim Jugendamt. Wenn wieder etwas ist, rufe mich an, hörst du?"

Mit gesenktem Kopf stand Frank vor der Religionslehrerin. „Das kann ich nicht mehr, Wolf hat mir das Handy abgenommen."

Frau Pagels hatte keine Ahnung, wie das weitergehen sollte. Franks oberster Wunsch war es, dass die Prügeleien aufhörten. Die Frau überlegte, ob sie auch noch den Kinderschutzbund einschalten sollte.

Am Nachmittag, als sie zu Hause war, rief sie die Beratungsstelle an und erklärte, es sei sehr wichtig, dass das Jugendamt in Franks Sache eingeschaltet werde. Sie berichtete von dem Gespräch, dass sie am Vormittag mit dem leidgeprüften Jungen hatte. Außerdem ließ sie sich vom Kinderschutzbund in einem weiteren Anruf beraten.

Die Lehrerin glaubte, dass es für Frank das Beste sei, wenn er in eine Pflegefamilie käme. Die Angst vor Wolf machte den Jungen im Unterricht unaufmerksam, er wurde dadurch hyperaktiv und nervös. Wie sollte der bedauernswerte Frank sich auch anders verhalten können, wenn er ständig in Angst leben musste. Er musste immer daran denken und damit rechnen, dass er, wenn er nach Hause kam, für nichts geschlagen wurde. Die Frau dachte: „Wenn du nach Hause kommst und du weißt, da ist jemand, der wartet auf dich, weil er dir Schmerzen zufügen will, und du kannst dich nicht dagegen wehren, muss das doch der pure Horror sein! Franks Eltern haben dem Jungen seine gesamte Kindheit zerstört."

*****

Nachdem Frau Pagels mit Frank gesprochen hatte, informierte sie telefonisch eine Mitarbeiterin der Jugendberatungsstelle. Mit dem Ergebnis des Gespräches war sie zunächst zufrieden.

Am nächsten Tag sollte sie der Leiter der Beratungsstelle anrufen, der heute nicht im Hause war. Es sollte ein zeitnaher Termin für ein Gespräch organisiert werden, an dem ein Mitarbeiter des Jugendamtes teilnehmen sollte. Die

Frau der Beratungsstelle bestätigte Frau Pagels ihr korrektes und richtiges Verhalten Frank gegenüber. Niemand in unserer Gesellschaft dürfe geschlagen werden und schon eine Backpfeife sei eine Straftat, erst recht die Prügelei von Kindern. Bevor sie, Frau Pagels, die geeigneten Stellen einschalte, müsse sie keineswegs zuerst mit den Eltern sprechen, wenn sie, wie es hier der Fall sei, das als nicht förderlich, sondern hinderlich bei der Problemlösung ansah.

Frau Pagels war fest davon überzeugt, dass das Problem erst dann gelöst werden konnte, wenn Frank aus dieser Familie wegkam. Aber das war leichter gesagt als getan.

*****

Am Montag der darauffolgenden Woche musste Frau Pagels feststellen, dass Frank schon wieder geschlagen worden war. Über eine halbe Stunde sprach sie mit dem Jungen in einem leeren Raum. Er schlief noch, als sein Stiefvater ihn am frühen Morgen aufforderte, Getränke aus dem Keller zu holen. Als er nicht sofort loslief, schlug ihn Wolf mehrmals die flache Hand ins Gesicht.

Eine andere Tracht Prügel bekam er, weil er sein Handy auflud. Er durfte es nicht im Haus benutzen, auch nicht herumliegen lassen, weil die Mutter eine panische Angst vor Elektrosmog hatte. Außerdem wurde ihm deshalb das Handy abgenommen. Das Ergebnis seines „Ungehorsams" war, dass sich die Eltern anbrüllten, und schließlich bekam Frank die Prügel.

Auch darüber informierte Frau Pagels das Jugendamt. Falls die Situation, bevor der Beratungstermin mit Frank stattfand, nochmals eskalierte und für das Kind unerträglich wurde, sollte Frank seinen Freund Falko anrufen und nach den Religions-Hausaufgaben fragen, die es zu diesem Zeitpunkt aber nicht gab. Das jedoch konnten die Eltern nicht wissen. Falko sollte dann Frau Pagels informieren, die die Polizei verständigen wollte. Die Polizei war im Besitz einer Handynummer des Jugendamtes, die niemand anderes kannte und über die sie die Jugendamtsbereitschaft verständigen konnte. Frau Pagels hoffte, dass es nicht so weit kam. Es war für sie schlimm genug, dass sie einem Kind diese Tricksereien beibringen musste, weil sie verhindern wollte, dass es weiterhin misshandelt wurde.

*****

Frank sah sich ungeheuerlichen Problemen gegenüber. Er wollte sich von den Schlägen Wolfs befreien. Er litt darunter, für Dinge fürchterlich verprügelt zu werden, die er nicht zu verantworten hatte, sodass er manchmal glaubte, sein Stiefvater wolle ihn totschlagen. Aber er war ein Kind, das sich fragte, warum Papa ihn nicht lieben konnte. Immer wieder sah er die Ursache bei sich selbst. Oft glaubte er, dass Wolf im Recht war, und somit stellten sich bei ihm Schuldgefühle ein. Längst hatte er die Ereignisse nicht mehr unter Kontrolle. Sie hatten sich verselbstständigt. Sein Ziel war es, nicht mehr geschlagen zu werden. Unbeabsichtigt hatte er damit einen Prozess in Gang gebracht, den er nicht mehr aufhalten konnte.

Lag er abends allein in seinem Zimmer im Bett, grübelte er über die neue Situation nach. Der Junge war in seinen Gefühlen hin- und hergerissen. Einerseits wollte er um Wolfs Anerkennung und Liebe kämpfen, andererseits konnte er das nicht, weil er den Mann hasste, was ihm selbst aber nicht bewusst war. Er wollte nicht mehr geschlagen werden, glaubte manchmal aber, dass er zu Recht bestraft worden war. Er hatte Hilfe gesucht und gefunden, aber er verachtete sich dafür, weil er damit nicht nur seinen Stiefvater in Schwierigkeiten brachte, sondern auch seine

Mama, die er so sehr liebte. Jetzt bekam er die Aufmerksamkeit der Lehrer, aber er fühlte sich, als wenn er Wolf und seine Mutter verraten habe. Er glaubte sogar, dass er dafür eine Strafe verdient hätte. Was in der Familie geschah, ging doch niemand etwas an!

Frank war nicht dumm. Keineswegs entging ihm, dass seine Mama oft Tabletten einnahm. Er konnte sich denken, dass sie das tat, weil sie der familiären Situation nicht gewachsen war. Er wusste auch, dass ihr die vielen Medikamente nicht guttaten, sie war danach immer sehr verändert. War denn nicht alles seine Schuld?

Nun kamen für ihn die psychischen Belastungen durch das Eingreifen des Jugendamtes bzw. der Jugendberatungsstelle zusätzlich zu den beinahe täglichen Misshandlungen dazu. Ohne Falko, mit dem er über all das reden konnte, hätte Frank diese Situation nicht mehr ertragen können. Aber Falko hatte doch selbst so viele Schwierigkeiten mit seiner Mutter! Die sagte ihm immer wieder, dass er kein Recht habe, zu leben!

Und so war es nicht verwunderlich, dass sich Frank und Falko manchmal über den Tod unterhielten.

*****

Auch Herr Anders beschäftigte sich viel mit Frank. Er stand mit Frau Pagels in ständigen Gedankenaustausch und beriet sie. Er wusste, dass Frau Pagels und auch ihm selbst in gewisser Weise die Hände gebunden waren. Sie taten innerhalb der Schule das für Frank, was sie für richtig hielten, wobei es ihnen vor allem darum ging, den Jungen an die richtigen und kompetenten Stellen zu vermitteln.

Aber er war auch als Pädagoge gefragt und Frank freute sich jedes Mal, wenn Herr Anders mit ihm erzählte. Doch musste der Lehrer ebenso vorsichtig wie seine Kollegin sein, denn er wollte, wie Frau Pagels auch, Franks Eltern keinen Vorwand liefern, gegen ihn vorzugehen, um damit von ihren eigenen Straftaten ablenken zu können. Emphase und Hilfsbereitschaft genügten hier nicht. Die Lehrer mussten und wollten auch ihren Verstand einsetzen. Das wussten Herr Anders und Frau Pagels aus früheren Erfahrungen nur zu gut.

In einem weiteren Telefongespräch, das Frau Pagels mit der zuständigen Sachbearbeiterin des Jugendamts führte, meinte diese, dass es Schutzmaßnahmen für Kinder und Jugendliche gebe, wenn das Jugendamt bei den Eltern vorstellig werde. Frank könne notfalls von zuhause davonlaufen und sich an die Polizei wenden, wenn er dazu physisch in der Lage sei.

„Als wenn das alles so einfach wäre", dachte Frau Pagels. Aber es war nun einmal so: Die Eltern blieben in den Augen eines Kindes immer die Eltern, da konnten sie anstellen, was sie wollten. Und selbst wenn ein Kind mit den Eltern brach, in welchem Alter auch immer, so wünschte es sich doch, sich wieder mit den Eltern zu versöhnen und wieder akzeptiert zu werden. Das war bei Frank nicht anders. Aber den gegenwärtigen Zustand konnte der Junge nicht lange aushalten. Deshalb dachte die Pädagogin, dass Frank sein Vorhaben durchziehen musste. Er war intelligent und verstand, dass das seine einzige Chance war. Und außerdem: Wie stünde er vor den Lehrern da, wenn er jetzt sagen würde: April, April, war nichts!? Damit würde er sogar noch eine Strafe durch das Lehrerkollegium riskieren.

Einen Tag vor dem Termin beim Jugendamt sprach Frau Pagels noch einmal mit ihm. Wohlweislich sagte die Lehrerin: „Denke daran, du bist morgen kein Bittsteller. Du bettelst nicht um Almosen. Du forderst dein Recht ein, das man dir vorenthält!"

*****

Endlich fand der Gesprächstermin mit dem Jugendamt statt. Die dort für Frank zuständige Mitarbeiterin war eine sehr kompetente Frau, die nicht die kleinste Gefahr für den Jungen außer Acht ließ. Sie hörte ihn an, ebenso seine Religionslehrerin.

Sie konstatierte neben den ständigen Prügeleien, dass Frank die notwendige ärztliche Versorgung vorenthalten wurde. So klagte er immer wieder über Atembeschwerden, auch über Kopfschmerzen, worauf Wolf sagte, er solle nicht schon wieder mit der Jammertour anfangen, einen Arztbesuch werde es nicht geben.

Die Dame gab so lange keine Ruhe, bis Frank einwilligte, über das Wochenende auszuziehen und zu Pflegeeltern zu gehen, denn sie meinte, die Zeit dränge. Sie müsse morgen die Eltern anrufen und am besten zum nächsten Wochenbeginn einen Gesprächstermin vereinbaren, und zwischen dem Anruf und dem Termin bestehe die Gefahr, dass die Gewalt eskaliere.

Während der Anhörung wirkte Frank sehr stark und stabil, obwohl er äußerlich sehr zerbrechlich wirkte, denn er wog knapp vierzig Kilo bei einer Körpergröße von 1,62 m. Aber bei diesem Gespräch konnte man den Eindruck gewinnen, dass ihn so schnell nichts umwerfen könne.

*****

Frank musste noch einmal zu seinen Eltern zurückkehren. Er hatte ein schlechtes Gewissen und das in zweierlei Hinsicht. Zunächst tat ihm seine Mama leid. Sie hatte es seiner Meinung nach nicht verdient, dass sie auf ihren Sohn verzichten musste. Er fühlte sich an ihrem Dilemma schuldig und glaubte, auch seinem Bruder nicht mehr in die Augen blicken zu können. Hätte er Ralf nicht ins Vertrauen ziehen müssen? Jetzt musste er seinen geliebten Bruder in dem Haus, in dem auch Wolf lebte, allein zurücklassen.

Was hatte er getan? Wie konnte er bloß die Mutter und den Bruder mit Wolf allein lassen? Ralf konnte wahrscheinlich instinktiv das Richtige tun. Aber die Mutter war ihrem Mann in keiner Weise gewachsen! Sollte er doch lieber zu Hause bleiben? In dem armen Jungen tobte ein Konflikt, den er nicht lösen konnte. Niemandem durfte er etwas davon erzählen, dass er am nächsten Tag nicht mehr nach Hause kommen, sondern in einer Pflegefamilie untergebracht werden sollte.

*****

Frau Pagels beendete den Unterricht. Es war für sie ein normaler Schultag. Doch jetzt sollte sie Frank ins Sekretariat bringen, wo auf ihn zwei Frauen vom Jugendamt warteten. Der Junge wusste, dass er nach der Schule abgeholt und zu einer Pflegefamilie gebracht werden sollte. Eine plötzliche Unruhe überfiel ihn. Sollte er wirklich nicht nach Hause gehen? Auch wenn er dort geschlagen wurde, so war es aber doch sein Zuhause, dort warteten sein Bruder und seine Mutter auf ihn. Konnte er es verantworten, sie mit Wolf allein zu lassen. Konnte Wolf nicht auf die Idee kommen, sie für seinen „Verrat" büßen zu lassen? Zuzutrauen war ihm das allemal.

Beim Einpacken der Bücher und Hefte in seine Schultasche ließ Frank sich Zeit. Er tauschte mit Falko einen Blickkontakt aus. In der großen Pause hatte er ihm erzählt, dass er heute nach der Schule von einer Mitarbeiterin des Jugendamtes von der Schule abgeholt und in eine Pflegefamilie gebracht werden sollte.

Falko nickte ihm zum Abschied zu und verließ den Unterrichtsraum. Frank wartete möglichst unauffällig, bis alle anderen Schüler weg waren.

„Warum brauchten Mädchen am Ende eines Schultages immer so lange, bis sie sich endlich auf den Heimweg machten?", dachte er, weil ihm die Zeit überhaupt nicht zu vergehen schien und die Jungen schon längst das Klassenzimmer verlassen hatten. Als er endlich der letzte Schüler im Raum war, ging Frank zu Frau Pagels an den Lehrertisch. Die Pädagogin machte im Klassenbuch noch einige Notizen. Danach wandte sie sich ihrem Schüler zu: „Na, mein Junge, du bist wohl schon sehr aufgeregt?"

„Ich weiß nicht, ob ich das Richtige tue", meinte Frank.

Sie sah ihm eindringlich in die Augen und sagte: „Auf keinen Fall kann es richtig sein, dass du jede Woche einmal oder auch mehrmals von deinem Stiefvater verprügelt wirst. Du musst diesen Schritt wagen. Nur so kann dein Stiefvater zur Verantwortung gezogen werden, ohne dass er dich dafür bestrafen kann!"

Gemeinsam gingen sie schweigend in das Sekretariat der Schulleitung. Am Besuchertisch saßen zwei Frauen, beide waren sie in den mittleren Jahren und sie begrüßten die Lehrerin und ihren Schüler sehr freundlich mit einem Lächeln im Gesicht.

Nachdem Frau Pagels Frank vorgestellt hatte, sprachen die Frauen noch einmal mit dem Kind, das ganz klar bekräftigte, nicht zu seinen Eltern zu wollen. Danach nahmen sie ihn mit.

*****

Nach etwa zwei Wochen erfuhr Herr Anders von der Religionslehrerin, dass sich die Situation um Frank geändert hatte. Sie erzählte: „Frank war heute sehr gut drauf und erzählte mir, dass er mit seiner Mutter telefoniert hat. Die Mutter hat ihm wohl gesagt, dass sie ihn vermisst. Das hat ihm offenbar sehr gutgetan. Jetzt soll oder darf er in einigen Tagen nach Hause, aber in nächster Zeit kommt wöchentlich jemand von der Erziehungshilfe."

Für Herrn Anders war das Ganze eine Gleichung mit sehr vielen Unbekannten, aber wenn die Beteiligten das so wollten, war das für ihn in Ordnung. Ob Wolf, der sich bisher als Despot und Besserwisser aufgespielt hatte, wirklich mitziehen würde? Ob das Auftauchen des Jugendamtes für den Kerl ein heilsamer Schock war? Wer wusste das bei Leuten, die man bis dahin noch nicht persönlich kannte! Man konnte nur abwarten, wie sich die Dinge entwickelten. Er erwiderte: „Frank hat heute wohl ziemlich gestrahlt, als ihm gesagt wurde, dass er vermisst werde. Hoffen wir, dass er nicht enttäuscht wird, beeinflussen können wir momentan ohnehin nichts, nur für ihn da sein."

Als Herr Anders später zu Hause war, dachte er viel über Frank nach. Der Mann sah die Entwicklung seines Schülers mit sehr gemischten Gefühlen. Dass Frank glücklich war, wenn ihm jemand sagte, er werde vermisst, zeigte doch, dass er kindlich naiv und sehr gutgläubig war. Natürlich war er immer noch ein Kind. Er hoffte, dass seine Eltern aus den Fehlern der Vergangenheit etwas gelernt hatten.

In den nächsten zwei Tagen wirkte Frank auf seine Lehrer und auch auf seine Mitschüler und Freunde recht fröhlich. Gelegentlich wollte Herr Anders mit dem Jungen etwas Small Talk, etwa im Stil von „Alles okay?", betreiben. Dem Pädagogen war bewusst, dass er in gewisser Weise, wie auch Frau Pagels, sowohl für Frank wie auch für seine Eltern emotional im Weg stehen könnte, wenn eine Verständigung angestrebt werden sollte, jedenfalls vorläufig. Deshalb war seitens der Lehrer absolute Zurückhaltung und professionelle Freundlichkeit jetzt das einzige Richtige. Für Herrn Anders stand fest, dass er und Frau Pagels nur reagieren, aber vordergründig nicht mehr agieren durften.

Außerdem glaubte der Pädagoge, dass die Sache für Frank noch längst nicht ausgestanden war. Auch wenn er heute bestens gelaunt und fast schon übermütig war. Eine Erziehungshilfe wurde den Eltern an die Hand gegeben, die hoffentlich einen sehr guten Job machte.

Und trotzdem glaubte Herr Anders, dass auf Frank noch harte Zeiten zukommen konnten. Was der Junge getan hatte, musste seinem Stiefvater wie ein Verrat vorkommen. Dafür würde er sich rächen wollen. Wenn das nur gut ging! Das Jugendamt sollte, bevor sie ihn zu seinen Eltern zurückließen, sicherstellen, dass er keine Repressalien seitens des Stiefvaters zu befürchten hatte.

Aber das konnte sich Herr Anders nicht vorstellen. So, wie sich Frank jetzt benahm, schien es ihm gut zu gehen. Er ahnte nicht einmal, was auf ihn zukommen konnte. Ob er wohl brutal auf den Boden der Realitäten zurückgeholt werden sollte? Nein, das war Herrn Anders klar, die Sache war noch lange, lange nicht ausgestanden ...

Enttäuschungen

Abends, wenn sich Falko allein in seinem Zimmer befand, sich schon längst zur Nachtruhe vorbereitet hatte und im Bett lag, stellte er sich vor, wie es wohl sein mochte, mit einem anderen Jungen eine geschlechtliche Beziehung zu führen. Gegen diese Gedanken konnte er sich nicht wehren. Gegen seinen Willen kamen sie immer wieder in seinen Kopf und verwirrten ihn.

Sein Wunsch, einmal einen nackten Mann zu sehen, wurde immer stärker, nahm sogar förmlich Besitz von ihm. Also begann er sich in Buchhandlungen und Geschäften mit Zeitschriften herumzutreiben, um nach Pornobroschüren zu suchen. Ihn interessierten aber nicht die, in denen Männer und Frauen in eindeutigen Posen abgebildet waren, nein, er suchte ausschließlich solche, in denen er junge Männer sehen konnte.

Solch eine Zeitschrift wollte er sich in Rostock am Bahnhof in einem Laden kaufen, der mit Büchern und Zeitschriften handelte. Doch fragte ihn die Verkäuferin, als er die Zeitschrift bezahlen wollte, nach seinem Ausweis. Er musste ihr antworten, dass er noch keinen hatte.

„Wie alt bist du denn, mein Junge?", wollte die Frau wissen.

„Vierzehn!"

„Nein, dann kann ich dir die Zeitschrift nicht verkaufen, du musst erst sechzehn sein. Tut mir leid, junger Mann!"

Enttäuscht verließ Falko den Laden und ging zum nächsten. Doch dieses Mal wollte er keine Pornozeitschrift kaufen. Er betrat eine weitere Buch-und Zeitschriftenhandlung und sah sich einige fantastische Bücher an. Danach ging er weiter zu den Regalen mit Kriminalgeschichten. So tastete er sich vorsichtig an die Zeitschriften heran. In der Buchabteilung des Ladens befanden sich sehr viele Besucher, aber dort, wo die Zeitungen und Zeitschriften auslagen, hielt sich kaum ein Kunde auf. Zudem war dieser Teil des Ladens von der Buchabteilung sehr abgelegen. Falko fühlte sich unbeobachtet und suchte sich eine Zeitschrift mit vielen Abbildungen von nackten jungen Männern aus. Die Männer waren teilweise allein, teilweise zu zweit auf den Bildern zu sehen. Auf einigen Fotografien penetrierte ein Mann einen anderen.

Unauffällig steckte Falko sich die Pornozeitschrift unter sein T-Shirt und verließ das Geschäft. Zu Hause verschwand die Broschüre unter seinem Bett. Die Mutter sollte sie nicht finden. Sie würde für solch einen Lesespaß kein Verständnis aufbringen und ihn aus diesem Anlass mit Sicherheit wieder beschimpfen und beleidigen. Am Abend wollte er sich die Zeitschrift sorgfältig ansehen und lesen.

Nach dem Abendessen verschwand er wie gewohnt in seinem Zimmer, um sich auf die Nachtruhe vorzubereiten. Er entkleidete sich, ging ins Bad, um zu duschen und sich die Zähne zu putzen. Nachdem er sich seine Boxershorts und ein T-Shirt zur Nacht angezogen hatte, wünschte er seiner Mutter eine gute Nacht. Sie nahm kaum Notiz von ihm.

Endlich lag Falko in seinem Bett. Vorsichtshalber blieb er fünf Minuten liegen und entspannte sich, bevor er die Zeitschrift hervorholte und darin las und sich ihre Bilder anschaute. Es waren für ihn einige interessante Artikel darin, in denen es um homosexuelle Männer und deren damit verbundene Probleme ging. Ein Beitrag beschrieb zum Beispiel die fehlende Akzeptanz von homosexuellen Menschen in der Gesellschaft. Darin wurde berichtet, dass sie jeden Tag einen erhöhten Aufwand an Energie brauchten, um im Leben gut bestehen und ihre Arbeitsaufgaben erfüllen zu können. Ein anderer Artikel beschäftigte sich mit den Problemen schwuler Jungen während ihrer Pubertät. Ein betroffener Jugendlicher wurde von einem Reporter darüber befragt und Falko konnte sich mit den Antworten dieses jungen Mannes identifizieren; die Probleme dieses Jugendlichen kannte er nur zu gut. Es ging darum, dass er sich allein gelassen fühlte, teilweise auf Verachtung bei seinen Mitmenschen stieß, die Eltern ihn nicht verstanden und Ähnliches.

Auch gefielen ihm einige Fotos von nackten jungen Männern. Diese sportlichen, kräftigen, aber trotzdem schlanken Körper, die schönen Gesichter der Jugendlichen sprachen ihn an.

Plötzlich wurde die Tür geöffnet und die Mutter stand mitten in seinem Zimmer. So schnell, wie er es gewollt hatte, konnte er die Zeitschrift nicht verstecken. Er war schockiert. Noch nie war seine Mutter zu ihm in sein Kinderzimmer gekommen, nachdem er sich zur Nachtruhe von ihr verabschiedet hatte. Er war zu keiner Bewegung fähig. In böser Erwartung fürchtete er sich vor einer Ohrfeige. Angst breitete sich in seinem Körper aus.

Schon war die Mutter zu ihm ans Bett gestürmt. Als sie sah, worin ihr Sohn gelesen hatte, riss sie ihm die Zeitschrift aus den Händen. Angeekelt warf sie diese von sich und schrie ihn an: „Das ist ja widerlich! So etwas siehst du dir an? Du bist ein Schwein, Falko! Ein riesengroßes perverses schwules Schwein! Früher kamen die schwulen Ärsche ins KZ oder ins Zuchthaus! Da gehört ihr schwules Pack auch hin! Vielleicht stehst du Drecksau sogar auf Kinder?! Ist es schön, ein Kinderficker zu sein?!"

Falko kannte die brutalen verbalen Ausbrüche seiner Mutter. Und doch waren sie immer wieder auf eine andere Weise grausam. Frau Blechschmidt wollte ihrem Sohn wehtun, ihn verletzen. Bewusst suchte sie jedes Mal, wenn sie ihn beleidigte und beschimpfte, nach neuen aggressiven Worten, die ihm seelische Qualen zufügen sollten. Sie wollte dieses Kind nicht mehr in ihrer Wohnung haben. Schon seinen Vater hasste sie, aber seitdem sie wusste, dass Falko schwul war, übertrug sich ihr Hass auch auf den Jungen.

Wenn der Bengel doch nur endlich zu seinem Vater ziehen wollte! Aber der dachte überhaupt nicht daran. Jetzt lag er mit Tränen in den Augen vor ihr. Ihre Wut auf ihr eigenes Kind wuchs.

„Ich sollte dir deinen schwulen Arsch so lange versohlen, bis alles Schwule aus dir herausgeprügelt ist! Und wenn du dabei draufgehen solltest, wäre mir das egal! Ihr perversen Säue habt sowieso kein Recht zu leben! Warum hast du dich nicht schon längst selbst umgebracht?! Ich werde es dir sagen! Du tust es deshalb nicht, weil du viel zu feige dafür bist! Du bist nicht nur ein schwules Schwein, nein, du bist sogar ein feiges, schwules Schwein!"

Frau Blechschmidt machte eine kleine Pause, damit ihre grausamen Worte auf Falko wirken konnten. Dabei sah sie ihm verächtlich ins Gesicht. Doch dann verletzte sie ihn weiter: „Ich habe es doch gewusst, dass du ein Mädchen bist, du fängst schon wieder an, zu heulen! Du bist kein Junge, nicht einmal ein schwuler Junge! Du bist nur ein dummes kleines heulendes Mädchen!"

Mit vor Wut verzerrtem Gesicht sah sie auf die Zeitschrift und wollte wissen. „Wo hast du dieses Drecksding überhaupt her?!"

Als er nicht antwortete, machte sie einen Schritt auf ihn zu und schlug ihm, so kräftig sie konnte, ihre flache Hand ins Gesicht. Das kam für ihn so überraschend, dass er es erst registrierte, als er den Schmerz spürte. Jetzt schossen ihm die Tränen gegen seinen Willen erst recht aus den Augen. Dagegen konnte er nichts tun. So eine kräftige Ohrfeige hatte er noch nie in seinem ganzen Leben von seiner Mutter bekommen.

Frau Blechschmidt hob die Zeitschrift vom Fußboden auf, und nahm sie mit sich aus dem Kinderzimmer hinaus. Sie drehte sich nicht mehr zu Falko um, als sie sagte: „Das Ding verbrenne ich jetzt, so wie man dich auch verbrennen sollte!"

Die Tür fiel ins Schloss. Falko blieb allein zurück. Aus Scham und Hilflosigkeit und vor Wut auf seine Mutter zitterte er am ganzen Körper. Seine Tränen benässten das Kopfkissen. Die Beschimpfungen und Beleidigungen der Frau, die seine Mutter war, hielt er nicht mehr länger aus. Aber am schlimmsten für ihn waren ihre wiederholten Aufforderungen, sich endlich selbst zu töten. Die machten ihm Angst und er befürchtete, wahnsinnig zu werden.

Sollte er vielleicht doch mit seinem Vater über die Mutter reden? Aber das konnte er nicht, weil er ihm dann erzählen musste, dass er schwul war! Wenn sein Vater ihm danach ebenso seine Liebe entzog wie die Mutter, wäre sein Leben tatsächlich nur noch freudlos gewesen. Was war sein Leben noch wert, wenn ihn nicht einmal mehr seine Eltern lieben konnten? Ob es nicht doch am besten war, wenn er einfach aus dieser Welt verschwand?

*****

Jörg hatte seine Freunde zu seiner Geburtstagsfeier, die an einem Samstag stattfinden sollte, eingeladen. Auch Falko bekam eine Einladung und seine Mutter gab ihm die Erlaubnis, Jörg zu besuchen. Aber ein Geschenk für den Freund sollte Falko allein besorgen. Zu diesem Zweck gab Frau Blechschmidt ihrem Sohn sogar etwas Geld, war sie doch froh, dass sie Falkos Anwesenheit einen Nachmittag und einen Teil des Abends nicht ertragen musste.

Sie hatte die schmutzige Wäsche, die in den letzten Tagen angefallen war, in die Waschmaschine gelegt und das entsprechende Waschprogramm eingestellt. Nach Ablauf des Programms sollte Falko die Wäsche in den Trockner legen. Unter anderem waren das sein Lieblings-T-Shirt und ein dazu passendes Hemd. Beides wollte der Junge, zu der am nächsten Tag stattfindenden Geburtstagsparty anziehen. Er freute sich schon sehr darauf, denn so konnte er für ein paar Stunden seiner Mutter entfliehen. Aber noch musste er einen ganzen Tag auf das freudige Ereignis warten.

Das Geburtstagsgeschenk für Jörg wollte er noch in Geschenkpapier einpacken. Die Mutter war großzügiger als er ihr das zugetraut hatte, so konnte er ein Computerspiel kaufen, von dem er wusste, dass der Freund dieses noch nicht in seinem Besitz hatte.

Falko freute sich schon jetzt auf Jörgs Gesichtsausdruck, wenn dieser das Spiel auspackte. Bestimmt sollte der Freund überrascht sein und sich darüber freuen. Schon lange wollte Jörg dieses Spiel mit seinen Freunden am Computer online spielen und mit ihnen gemeinsam sehr viel Spaß haben.

Als Falko das Computerspiel in entsprechendes Papier eingeschlagen hatte, betrachtete er das Päckchen von allen Seiten. Er war mit seinem Werk zufrieden und wollte die Wäsche in den Trockner legen, danach konnte der Samstag kommen.

Er ging ins Bad, um die Waschmaschine zu leeren. Zuerst entnahm er der Wäschetrommel ein rosafarbenes Hemd, ohne sich dabei etwas zu denken. Es folgten zwei T-Shirts und einige Strümpfe in der gleichen Farbe. Die Überraschung stand dem Jungen ins Gesicht geschrieben. Eine

Jeans fand als nächstes Wäschestück den Weg ins Freie. Auch diese wies an mehreren Stellen eine rosa Verfärbung auf.

Die Überraschung machte nun einem entsetzten Gesichtsausdruck Platz. Danach wurde Falkos Gesicht rot, zornesrot. Endlich begriff er, dass die Jeans ihm gehörte. Aber sie war noch vollständig blau gewesen, als er sie zum Waschen in die Wäschetruhe gelegt hatte. Nun erkannte er auch die anderen Kleidungsstücke. Alles, was er aus der Waschmaschine herausgeholt hatte, gehörte ihm, seine T-Shirts und Strümpfe, seine Hemden, seine Shorts. Dabei waren seine Lieblings-Jeans und sein Lieblings-T-Shirt, die er am nächsten Tag zur Geburtstagsfeier seines Freundes anziehen wollte. Aber diese Sachen konnte er nicht mehr tragen. Seine gesamte Wäsche war rosa verfärbt. Da nicht er die Waschmaschine bestückt hatte, konnte nur seine Mutter dafür verantwortlich sein. Dass sie aus purer Niedertracht und mit böser Absicht seine Lieblingssachen versaut hatte, stand für ihn fest. Seine Wut wuchs ins Unermessliche. Zornestränen stiegen ihm in die Augen.

„Ach, sieh doch nur, was sie jetzt schon wieder getan hat, Papa!", dachte er nicht nur wütend, sondern auch maßlos enttäuscht und traurig. „Ach, wenn ich doch nur bei dir sein könnte, Papa!" Sein Vater hätte seine Wäsche nie im Leben verfärbt. Falko ahnte, dass seine Mutter das mit Berechnung getan hatte. Sie wollte ihn loswerden.

Er verließ das Badezimmer und ließ seine nun unbrauchbaren Sachen in der Badewanne liegen. Nichts von der Wäsche legte er in den Wäschetrockner oder in die Waschmaschine zurück.

Als Frau Blechschmidt von der Arbeit nach Hause kam, bemerkte sie mit Genugtuung die im Bad herrschende Unordnung. Sie glaubte ihr Ziel erreicht zu haben und ging ins

155

Kinderzimmer, um nach Falko zu sehen. Dort fand sie ihn auf dem Bett liegend im Tiefschlaf vor. Sie weckte ihren Sohn nicht, betrachtete ihn aber mit einem sehr ernsthaften Gesicht, das verriet, wie gross ihr Hass auf Falko war. Auch am nächsten Tag verlor von beiden niemand ein Wort über die verdorbene Wäsche, die Falkos Mutter in einer Mülltüte in den Abfallcontainer vor dem Haus entsorgte. Sie hatte gehofft, dass Falko sich bei ihr darüber beschwerte, weil er seine Lieblingswäsche nicht mehr tragen konnte. Aber diesen Gefallen tat er ihr nicht.

*****

Frank wurde einige Wochen in einer Pflegefamilie untergebracht. Er hatte sich über den Anruf seiner Mutter sehr gefreut. Sie sagte ihm, dass er ihr fehlte, und wollte, dass er wieder nach Hause zurückkam.

Er sagte, dass auch er gerne wieder zu Hause sein wollte, Ralf und sie ihm ebenso fehlten, er sich aber vor weiteren Schlägen Wolfs fürchtete.

„Du brauchst keine Angst mehr zu haben, ich habe mit Papa gesprochen. Er wird dich nicht mehr schlagen", erwiderte sie.

Die Mutter vereinbarte mit dem Jugendamt einen Termin und schon bald durfte der Junge zu ihr zurückkehren.

Nun saß er im Auto einer Beamtin des Jugendamtes. Sie brachte ihn in die elterliche Wohnung zurück. Als sie an der Wohnungseingangstür klingelten, dauerte es nicht lange, bis die Mutter die Tür öffnete. Sofort schloss sie ihren Jungen in ihre Arme und herzte und küsste ihn. Wolf war nicht daheim, er befand sich auf seiner Arbeitsstelle im Wald.

Auch Ralf begrüßte seinen Bruder, beide Jungen freuten sich, wieder vereint zu sein. Als die Frau vom Jugendamt sich von Frank verabschiedete, ermahnte sie ihn: „Du weißt, was du tun kannst, wenn du wieder einmal von deinem Stiefvater geschlagen werden solltest. Wir sind immer für dich da, wenn du unsere Hilfe benötigst. Vergiss das nicht!"

Die Mutter ließ ihre Söhne allein. Ihre Aufregung wollte sich nicht legen, also beschloss sie, eine Tablette zu nehmen, um sich zu beruhigen.

„He, Alter, hast du dir das auch gut überlegt, in die Höhle des Löwen zurückzukommen?", fragte Ralf.

Frank bekam ein ungutes Gefühl. „Mutti hat mir versprochen, dass Papa uns nicht mehr schlägt!"

„Du bist immer noch so naiv. Hast du denn nichts begriffen? Der Kerl kann nicht anders, er ist ein elender Schläger. Eins weiß ich jedenfalls genau. Fasst der Idiot mich nur noch einmal an, dann bin ich hier verschwunden. Und ich werde bestimmt nicht wieder zurückkommen!"

„Aber mir wirst du es doch sagen, wohin du gehst?"

„Ich werde dich schon nicht vergessen."

Trotzdem konnte Frank seine plötzliche Unruhe nicht überwinden, im Gegenteil verstärkte sie sich.

Als Wolf von der Arbeit zurückkehrte, stand seine Frau in der Küche und kochte Franks Lieblingsessen: grüne Bohnen mit Frikadellen. Der Mann begrüßte seinen Stiefsohn kühl, als wenn er zum Ausdruck bringen wollte, dass es ihm egal war, wo sich Frank zu Hause fühlte. Das ungute Gefühl des Jungen verstärkte sich.

Während des gemeinsamen Abendessens erzählte Wolf von seiner Arbeit. Die Borkenkäfer machten den Waldarbeitern das Leben schwer. Minutenlang ließ er sich über diese Schädlinge und den damit verbundenen Folgen für die Bäume aus. Nach dem Essen verabschiedete sich Ralf, er wollte einen seiner Freunde besuchen.

Frank half seiner Mutter, die Küche aufzuräumen. Anschließend verabschiedete sich auch sie zum Nachtdienst. Nun zog sich Frank in sein Zimmer zurück.

Seine Unruhe konnte er nicht bezwingen. Am Fenster stehend sah er seiner Mutter nach, die aber schon einige Augenblicke um eine Straßenecke aus seinem Blick verschwunden war. Nach wenigen Minuten öffnete Wolf die Tür und trat ins Zimmer.

„Da bist du also wieder!" Wolf sah dem Jungen ins Gesicht, spürte die Angst des Kindes und erfreute sich daran.

Frank nickte, antworten konnte er nicht.

Auch Wolf nickte kurz. „Und du glaubst, du kannst hier kommen und gehen, wann und wie du willst?" Sein Ton war ruhig, aber Unheil verkündend. „Setz dich auf dein Bett!"

Stumm gehorchte der Junge, vor Angst zu keiner Antwort fähig.

„Antworte mir!"

„Bitte, Papa, ich habe nichts Böses getan." Frank versuchte, Wolf zu beschwichtigen.

„So, du hast also nichts Böses getan?" Wolfs Ton wurde schärfer und schneidend. Er fuhr fort, ohne eine Antwort von Frank abzuwarten. „Du hetzt uns das Jugendamt auf den Hals, bist für mehrere Wochen verschwunden, aber du hast nichts Böses getan!" Wolf wurde lauter. „Weißt du, wie wir uns gefühlt haben, als das Jugendamt vor der Tür stand? Als wenn wir Verbrecher wären, so haben die uns behandelt. Wenn du immer lieb und artig gewesen wärst, hätte ich dich nicht bestrafen müssen. Du bist ungezogen und frech und beschwerst sich bei den Behörden, weil ich dich wegen deiner Frechheiten und Nachlässigkeiten bestrafen musste."

Der Junge blickte mit hängendem Kopf zum Boden. So hatte er sich seinen ersten Tag nach der Rückkehr zu den Eltern nicht vorgestellt. Dass Wolf mit ihm reden wollte, war dem Jungen bewusst, aber dass der ihn schon bei der erstbesten Gelegenheit wieder verprügeln wollte, damit hatte er nicht gerechnet. Denn dass Wolf das wollte, daran bestand für Frank in diesem Augenblick kein Zweifel mehr. Die Mutter befand sich bei der Arbeit, und Ralf bei einem seiner Freunde. Der arme Junge war seinem Stiefvater wehrlos ausgeliefert. Frank wollte es schnell hinter sich bringen. Es blieb ihm nichts anderes übrig, als Wolfs Strafe anzunehmen. Resigniert fügte er sich in sein Schicksal.

„Du hast uns verraten, jawohl, ein Verrat an uns war das! Du hast deine Familie verraten und in den Schmutz getreten und dafür muss ich dich bestrafen! Ich hoffe doch sehr, dass du das einsiehst und deine Strafe annehmen wirst. Denn wenn du glaubst, dass du um eine Bestrafung herumkommst, hast du dich gewaltig geirrt. So einem dummen und bösen Jungen wie dir muss man ja mit Prügeln Benehmen beibringen. Weißt du, was du uns angetan hast? Du hast deine Mutter und mich in unseren Betrieben zum Gespött aller Leute gemacht!"

Wolf machte eine Pause, um seine Worte wirken zu lassen. Dann verlangte er: „Los, steh auf und zieh dich aus, ich will, dass du deine Bestrafung wie ein echter Junge annimmst!"

Franks Wille war gebrochen. Niemand konnte ihm helfen. Niemand konnte ihn vor den Bestrafungen Wolfs bewahren. Wolf würde ihn immer und für ewige Zeiten verprügeln, so wie es ihm in den Sinn kam. Weder Herr Anders noch Frau Pagels oder das Jugendamt konnten ihm helfen. Mechanisch und willenlos entledigte er sich seiner Kleider.

Wolf ging das nicht schnell genug. „Nun beeile dich mal etwas, du kannst dich viel schneller ausziehen." Mit einem Schritt war er bei dem Kind und riss an seinen Hosen, bis die seinem Druck nachgaben. Danach zerrte er Frank über sein linkes Knie und drosch brutal mit seiner großen Hand auf ihn ein. Laut klatschte es im Zimmer. Frank versuchte, seine Tränen zurückzuhalten, aber nach wenigen Schlägen war auch dieser Wille gebrochen.

Als Wolf von ihm abließ, hatte der Junge einen geschwollenen und tiefroten Po. Dann drehte er die Glühbirne aus der Lampe und schloss ihn in seinem finsteren Zimmer ein.

Familiengespräche

„Was hast du denn da Leckeres gekocht?", fragte Jörg, als er die Küche betrat. „Der Duft zieht durch die ganze Wohnung. Er macht mir Hunger, mein Magen hängt mir bis in die Kniekehlen!"

„Das ist Moussaka, mein Schatz. Du musst dich noch etwas gedulden." Die Mutter lächelte ihm zu.

„Was ist das? Das haben wir noch nie gegessen!"

„Das ist nur eine kleine Kostprobe, ich will das Morgen für deine Geburtstagsfeier kochen und heute wollte ich das mal ausprobieren, damit morgen das Essen auch schmeckt und ich beim Kochen keinen Fehler mache." Frau Ansorge wollte die Freunde ihres Sohnes an seinem Geburtstag verwöhnen.

Während des Abendbrotes, das Jörg sehr gut schmeckte, wollten die Eltern wissen, wen er zu seinem Geburtstag eingeladen hatte. Er sagte es ihnen und erzählte danach, er sei froh, dass auch Frank ihn morgen besuchen könne. Herr Ansorge erkundigte sich, wie er Jörgs Aussage verstehen sollte.

Plötzlich war Jörg sehr aufgeregt. Während er seinen Eltern von Franks hartem Schicksal erzählte, wurde er immer unruhiger. Danach berichtete er auch von Falkos schwerem Los. Alles, was er über seine Freunde wusste und was ihn so sehr beschäftigte, brach aus dem Jungen hervor. Endlich konnte er sich Luft machen. Er spürte erst jetzt, wie sehr ihn Falkos und Franks Schicksale belasteten. Aber weil er den Eltern alles mitteilen konnte, verspürte er nun auch eine gewisse Erleichterung. Jörg war froh, dass er sich alles von der Seele reden konnte. Später fragte er sich, warum er das nicht schon viel früher getan hatte.

Herr und Frau Ansorge waren schockiert. Zunächst beruhigten sie ihren Jungen. Danach sagte die Mutter: „Wir sind sehr stolz auf dich, mein Junge. Falko und Frank können sich freuen, dich zum Freund zu haben. Wir finden es sehr gut von dir, dass du zu ihnen hältst. Andere Jungen hätten sich schon längst von ihnen distanziert."

*****

Am Abend unterhielt sich das Ehepaar Ansorge über das, was Jörg ihnen erzählt hatte. In Franks Fall gingen Ansorges davon aus, dass sich das Jugendamt um den Jungen kümmerte.

In Falkos Fall konnten sie sich kein genaues Bild machen, da Jörg ihnen nicht genug Informationen lieferte. Fast alle ihre Fragen blieben unbeantwortet. Was Jörg von Falko berichtete, waren vage Informationen, mit denen sie, wenn sie das gewollt hätten, beim Jugendamt nichts erreichen konnten. Das glaubten sie wenigstens. Deshalb beschlossen sie, Falko ihre Hilfe nicht anzubieten. Einerseits wollten sie den Jungen nicht verunsichern und in eine peinliche Situation bringen, andererseits wollten sie jedoch die Augen offenhalten. Sollten sie während der Geburtstagsfeier etwas Auffälliges bemerken, egal ob von Frank oder von Falko, wollten sie mit ihnen das Gespräch suchen, um von ihnen direkt die Wahrheit über ihr schweres Los zu erfahren. Dann konnten sie den beiden Jungen immer noch ihre Hilfe anbieten.

Doch benahmen sich beide Sorgenkinder, als sie Jörg besuchten, vollkommen normal. Ansorges waren der Meinung, dass sie nichts für Frank und Falko tun mussten. Bei einer so heiklen Angelegenheit konnte man sehr schnell fremde Menschen in ungerechtfertigte und große Schwierigkeiten bringen. Das wollte das Ehepaar auf keinen Fall.

Die Klassenfahrt

Der Sommer wich dem Herbst, der die Natur veränderte, indem er die Blätter an den Bäumen und Sträuchern langsam, aber mit zunehmender Geschwindigkeit erst gelb und danach braun färbte, bis sie schließlich vom Wind in alle Richtungen verweht wurden. An einem sonnigen warmen Morgen standen Jörg, Frank und Falko, wie ihre Klassenkameraden auch, voller Vorfreude auf. Sie machten sich mit einer vollen Reisetasche auf den Weg zum kleinen Bahnhof ihres Städtchens.

Endlich war es so weit! Die Klassenfahrt nach Dresden sollte in wenigen Minuten beginnen. Herr Anders und Frau Pagels sowie der Sportlehrer Herr Groth warteten bereits auf die Schüler.

Aus unterschiedlichen Gründen freuten sich unsere drei Freunde auf eine schöne und unbeschwerte Woche. Jörg war ein unruhiger Geselle, der darauf brannte, Neues kennenzulernen. Er liebte die Bewegung an der frischen Luft, das Erkunden von für ihn neuen und interessanten Landschaften. Fremde Menschen kennenzulernen, empfand er als etwas Positives.

Falko war froh, wieder einmal der Mutter entfliehen zu können. Er konnte ihre täglichen und nie aufhörenden Beschimpfungen nicht mehr ertragen. Nie hörte er von ihr ein nettes oder liebes Wort. Ihre Beleidigungen und Nörgeleien hinterließen in ihm nach und nach tiefe Spuren. Langsam, aber sicher hatte sie ihn davon überzeugt, dass er ein minderwertiger Mensch sei und sein Recht auf ein sorgenfreies Leben aufgrund seiner Homosexualität verwirkt hatte.

Für alles, was Falko unternahm, erntete er von seiner Mutter bösartige Kritik und verletzende Worte. Immer öfter und intensiver dachte er über den Tod und das Sterben nach. Doch jetzt freute er sich, eine ganze lange Woche mit seinen Freunden zusammen verbringen zu dürfen. Vor allem Franks Nähe wollte er genießen, denn immer noch war er heimlich in den Freund verliebt. Nur sprach er mit niemandem darüber, seine Gefühle behielt er für sich.

Frank, der dritte der Freunde, war aus ähnlichen Gründen wie Falko ebenso froh, dem Elternhaus für ein paar Tage zu entkommen. Eine ganze Woche war er frei und niemand würde ihn schlagen! Kurz nachdem er zu seinen Eltern zurückgekehrt war, hatte sich Frau Pagels bei ihm darüber erkundigt, ob alles in Ordnung sei. Obwohl Frank zu diesem Zeitpunkt bereits von Wolf für seinen angeblichen Verrat misshandelt worden war und ein weiteres Mal eine Züchtigung einstecken musste, weil er beim Einkaufen vergessen hatte, Butter mitzubringen, hatte er der Lehrerin nichts von der Fortsetzung seiner Pein erzählt. Er glaubte, dass sie ihm nicht helfen konnte! Niemand konnte ihm helfen, er war Wolfs Prügelei ausgesetzt. Überhaupt hatte er zu den Erwachsenen das Vertrauen verloren.

Dass Herr Anders und insbesondere Frau Pagels sich für ihn einsetzten, erkannte er an, auch dass Frau Pagels sogar das Jugendamt eingeschaltet hatte, damit er Hilfe erhielt. Kurzzeitig gab es tatsächlich einen Erfolg für den Einsatz der Religionslehrerin, aber nun ging sein Martyrium weiter. Er wurde von Wolf geschlagen, wann immer der das wollte. Nur jetzt vor der Klassenfahrt machte der Kerl das so, dass keine Spuren am Körper des Jungen zurückblieben.

Voller Freude und mit großem Hallo begrüßten sich die Schüler und Lehrer in Erwartung einer großartigen gemeinsamen Woche. Niemand von ihnen ahnte, dass am Horizont dunkle Schatten über sie aufzogen. Schwere Prüfungen standen ihnen bevor.

*****

Zunächst mussten die 27 Schüler und drei Lehrer mit dem Zug nach Rostock fahren, von dort aus ging es weiter nach Dresden. Für die Kinder war das eine lange Fahrt. Vor Beginn der Reise teilte Herr Anders die Klasse in drei Gruppen zu je neun Schüler auf. Dabei achtete er darauf, dass die drei Freunde der Gruppe angehörten, die er selbst betreuen wollte.

Wenn sich eine günstige Gelegenheit ergab, wollte er sich mit Frank unterhalten und ihn fragen, ob ihn sein Stiefvater nun, nachdem das Jugendamt eingeschaltet worden war, in Ruhe ließ oder ob Wolf ihn immer noch schlug. In den letzten Tagen fiel ihm auf, dass der Junge teilweise wieder in alte Verhaltensweisen zurückfiel.

Endlich war es so weit, die Zugfahrt begann. Einmal musste die Gruppe in Rostock umsteigen, aber das verlief problemlos. Im Zug nach Dresden füllten die Schüler beinahe allein ein großes Abteil eines Waggons, der in zwei Abteile eingeteilt war. Als die Kinder in den Zug einstiegen, verließen einige Reisende ihren Platz und suchten sich in einem anderen Waggon einen neuen. Das kam den Lehrern gelegen, denn so konnten sie ihren Schülern etwas mehr Freiheit während der Zugfahrt gewähren. Trotzdem war es angenehm leise im Waggon. Einige Schüler spielten Karten, andere beschäftigten sich mit ihren Handys. Wieder andere unterhielten sich unter anderem auch mit den Lehrern über die kommenden Tage. Sie wollten wissen, welche Unternehmungen ihr Klassenlehrer für sie geplant hatte.

Die Stimmung war erwartungsvoll fröhlich. Frank, Falko und Jörg saßen zusammen und diskutierten über Fußball. Danach erzählten sie sich Witze und Falko und Frank wurden immer lockerer. Sie spürten förmlich, eine Last von ihren Schultern abfallen. Herr Anders beobachtete die drei

Freunde unauffällig und war froh, dass sich alles planmäßig entwickelte. Frank schien seinen Spaß zu haben, Falkos Probleme waren dem Lehrer unbekannt.

Die Zeit der Zugfahrt verging schnell. In Dresden suchte die Klasse die Jugendherberge auf, in der sie für eine Woche wohnen sollte. Die obligatorische Belehrung der Schüler, wie sie sich in der Jugendherberge und während der kommenden Tage zu verhalten hatten, nahm Herr Anders bereits am letzten Schultag vor der Fahrt im Unterricht vor.

Schnell hatten sie sich in ihren Zimmern häuslich eingerichtet. Heute am Anreisetag durften die Schüler die nähere Umgebung ihrer Unterkunft erkunden, die Exkursionen sollten nach dem Frühstück der folgenden Tage beginnen.

*****

„So eine Klassenfahrt soll euch natürlich Spaß machen und ich glaube, dass ihr auf eure Kosten kommen werdet. Aber ihr sollt dabei auch etwas lernen. Ich sagte euch schon, dass wir in dieser Woche den Spuren August des Starken folgen werden. August der Starke ist für euch sicherlich ein komischer Name. So hieß er auch nicht wirklich. Der Starke wurde er nur deshalb genannt, weil dieser König in der Tat ungewöhnlich große körperliche Kräfte besaß. Dass er 365 Kinder in seinem Leben zeugte, kann man getrost in das Reich der Fabeln einordnen, aber Genaueres erfahrt ihr im Zwinger, den wir jetzt besuchen wollen. Ich bitte euch, im Zwinger euren natürlichen Bewegungsdrang unter Kontrolle zu halten, denn dort gibt es sehr viele unersetzliche und kostbare Dinge zu sehen. Es wäre nicht nur sehr schade, wenn diese entzweigehen oder beschädigt werden, ich garantiere euch, dass in so einem Falle ihr oder auch eure Eltern nicht mehr froh in diesem Leben werden. Also dann los, ihr Geschichtsforscher, lasst uns aufbrechen! In zehn Minuten treffen wir uns vor dem Eingang zur Jugendherberge", beendete Herr Anders gut gelaunt seine Rede nach dem Frühstück.

Tatendurstig und neugierig verließen die Schüler laut durcheinander schnatternd den Speisesaal. Die Lehrer sahen ihnen amüsiert nach. Dies war keine ungewöhnliche Klasse, die Schüler benahmen sich genauso, wie andere Kinder in ihrem Alter es überall in Deutschland tun. Und doch waren sie auf ihre Art besonders lieb oder auch fröhlich laut.

Pünktlich und ohne Zwischenfälle erreichten sie den Zwinger. Er wirkte sehr beeindruckend auf die Kinder. Herr Anders hatte eine Führung gebucht, in der den Schülern auf interessante Weise das Schloss gezeigt und ihnen dabei das Leben und Wirken von August dem Starken nahegebracht wurde. Immer wieder staunten die Heranwachsenden darüber, wie die Menschen damals lebten und wie der König August die damalige Zeitgeschichte beeinflusste.

Sie hielten sich einige Stunden im Zwinger auf und gingen danach in das historische Stadtzentrum, wo die Lehrer ihren Schülern zwei Stunden Zeit gaben, damit diese die Stadt allein erkunden konnten. Die einzige Bedingung, die die Kinder erfüllen mussten: Niemand durfte allein durch das Stadtzentrum gehen. Pünktlich zum Abendbrot kehrte die Schulklasse in ihre Herberge zurück. Am Abend spielten die Jungen meist Tischtennis oder Karten, die Mädchen zogen sich in ihre Zimmer zurück, um ungestört lesen oder schwatzen zu können.

*****

Ähnlich, aber doch ganz anders verliefen die nächsten Tage. Sie besuchten die Festung Königstein. Diese mittelalterliche Burg wurde das erste Mal 1233 in einer Urkunde erwähnt. Zum Ende des neunzehnten Jahrhunderts wurden weitreichende Geschütze entwickelt, dadurch verlor sie ihre militärische Bedeutung. Aber bis dahin konnte die Festung Königstein, während kriegerischer Handlungen nicht einmal erobert werden, was einmalig in der Geschichte ist.

Selbstverständlich gab es auf dieser Festung, insbesondere für die Jungen, immer wieder die Möglichkeit zum Herumtoben. Als Frank, Jörg und Falko sich voller Übermut auf eine Mauer stellten, um von dort besser fotografieren und den Ausblick auf die weite Elblandschaft besser genießen zu können, schimpften die Mädchen mit ihnen und holten Herrn Groth herbei, der den drei kleinen Sündern die Leviten las. Er erklärte ihnen im ernsten und ermahnenden Ton, dass ein Sturz von der Mauer in die Tiefe den Tod zur Folge haben konnte.

*****

Bei einem Besuch der Frauenkirche stand Frank mehrere Minuten allein vor einem Altar. Frau Pagels bemerkte das und gesellte sich zu ihm.

„Der Glaube kann eine starke Sache sein. Viele Menschen konnten aufgrund ihres Glaubens Zeiten überleben, die für sie sonst nicht zu ertragen gewesen wären. Zum Beispiel im Krieg haben viele Frauen die Flucht ertragen, obwohl sie dabei teilweise ihre eigenen Kinder verloren. Die armen Kleinen verhungerten, weil es nichts zu essen gab, oder sie erfroren, weil die Mütter in der Eile nicht genug warme Sachen mitnehmen konnten.

Die leidgeplagten Frauen hatten einfach keine Gelegenheit dafür gehabt. Ich habe den Krieg nicht miterleben müssen, Gott sei Dank, aber viele Menschen haben ihn überlebt, weil ihnen ihr Glaube geholfen hat", sagte die Pädagogin leise.

Frank sah die Lehrerin von der Seite an und meinte: „Aber die Kirche ist verantwortlich für viele Tote. Zum Beispiel hat die Inquisition Frauen als Hexen verbrannt, nur weil sie die heilende Wirkung von Kräutern kannten.

Oder denken Sie an die Kreuzzüge, die im Namen der katholischen Kirche stattfanden! Die Kirche hat ganze Völker ausgerottet, die Majas, die Inkas, die Indianer und noch mehr!"

Frau Pagels sah dem Jungen freundlich lächelnd ins Gesicht und erwiderte: „Frank, du darfst die Kirche und den Glauben nicht miteinander verwechseln. Sicherlich hast du recht mit dem, was du sagst, aber wenn ich vom Glauben eines Menschen spreche, meine ich nicht die katholische oder protestantische Kirche. Wobei die katholische Kirche für die Dinge, die du meinst, verantwortlich ist. Die protestantische Kirche ist noch nicht so alt und erst in der Neuzeit entstanden, mit den Kreuzzügen kann sie daher nichts zu tun haben. Ich dachte nur an den persönlichen Glauben. Es gibt Menschen, die glauben an Gott, andere an einen Schutzengel, noch andere glauben an etwas völlig anderes. Ich weiß, dass das für dich nicht einfach zu verstehen ist, aber es ist so, dass die Kirche als Institution erst einmal nichts damit zu tun hat, was du glaubst. Daran sind zum Beispiel deine Erzieher verantwortlich, die Lehrer und natürlich deine Eltern."

Jetzt hatte Frau Pagels den Bogen vom Glauben zu den Eltern gespannt. Sie war mit Frank allein und wollte die Gelegenheit nutzen, um den Jungen nach seinen privaten Problemen mit dem Stiefvater zu befragen.

„Das verstehe ich", antwortete Frank und vereitelte damit die Absicht seiner Lehrerin nicht.

„Was ich dich noch fragen wollte, mein Junge, ist zu Hause alles in Ordnung?"

„Ich denke schon, Frau Pagels.“

„Denkst du das oder bist du dir sicher, dass es so ist?“

Die Frau beobachtete den Jungen. Sie konnte nicht erkennen, dass Frank etwas verbarg. Um sicherzugehen, sagte die Pädagogin: „Frank, du weißt aber, dass ich zu dir stehe und dir helfen kann, und das tue, wenn du es willst. Niemand darf dich schlagen. Wenn du willst, dass ich dir helfen soll, musst du es mir sagen und mir erzählen, was geschehen ist.“ So deutlich wollte sie das dem Jungen nicht sagen, aber nun kamen ihr die Worte über die Lippen und konnten nicht wieder zurückgenommen werden.

Frank hatte die Hoffnung auf eine Kindheit ohne Schläge verloren. Frau Pagels bot ihm zwar ihre Hilfe an, aber wirklich helfen konnte sie ihm schon damals nicht, als er ihr zum ersten Mal von den Bestrafungen Wolfs erzählte. Die Religionslehrerin hatte ihn vor über einem Jahr schon allein gelassen. Sie hatte nicht im Traum daran gedacht, ihm zu helfen. Das glaubte er. Sie mussten, nachdem die Lehrerin ein Projekt geplant hatte, ihre Probleme auf einen Zettel schreiben. Am nächsten Tag mussten sie eine Klassenarbeit schreiben. Dabei hatte die Lehrerin die Handschrift der Schüler kontrolliert. Frank bemerkte an ihrer Reaktion, dass sie seine Schrift erkannte. Doch damals wollte sie nichts von seinen Problemen wissen. Deshalb war er überrascht, dass sie dieses Mal mit ihm über Wolf gesprochen und das Jugendamt eingeschaltet hatte.

Frank resignierte, aber das ließ er sich nicht anmerken. Betont forsch sagte er: „Danke, Frau Pagels, aber es ist wirklich alles in Ordnung. Wolf kümmert sich nicht um mich. Das wollte ich so auch nicht haben, aber das ist mir immer noch lieber, als wenn er mich schlägt. Ich will lieber nichts riskieren und mit dem zufrieden sein, was ich jetzt habe! Herr Anders hatte mich auch schon einmal danach gefragt."

Frank wusste, dass er seine Lehrerin belog. Frau Pagels konnte das aber nicht wissen. Ob sie zu diesem Zeitpunkt etwas ahnte, konnte sie später nicht mehr nachvollziehen. Für Frank tätig werden konnte sie nur dann, wenn er selbst das wollte und direkt ihre Hilfe anforderte. Das jedoch tat er nicht.

*****

Am letzten Tag besuchten die Schüler mit ihren Lehrern bei schönstem Wetter die Bastei im Elbsandsteingebirge. Die Sonne schien bei angenehmen Temperaturen, und die Gegend war für Wanderfreunde das reinste Paradies. Dem Auge bot sich eine abwechslungsreiche und atemberaubend schöne Landschaft.

Ausgelassen und teilweise übermütig zog die Wandergruppe ihres Weges. Von der Bastei aus bewunderten sie die felsige und bewaldete Umgebung. Bei dem schönen, klaren Wetter erkannten die Besucher der Bastei die Festung Königstein deutlich. Nachdem sie auf der Bastei lange Zeit verweilten und ihren Aufenthalt genießen konnten, zogen sie weiter.

Frank, Jörg und Falko waren an diesem Tag nicht zu bremsen. Mehrmals wurden sie von ihren Lehrern ermahnt, nicht zu sehr herumzutoben und besser auf die Wege zu achten. Es sei gefährlich, in dieser bergigen Gegend nicht aufmerksam genug zu sein. Doch diese Mahnungen beachteten die drei Freunde immer nur für kurze Zeit.

Falko wollte noch nicht an das Ende der Fahrt denken. Er durfte eine Woche lang glücklich und sorgenfrei sein und Franks Nähe genießen. Das sollte so noch etwas bleiben. Die schimpfende und beleidigende Mutter musste er noch früh genug wieder ertragen, daran wollte er jetzt noch nicht denken. Ähnlich erging es Frank. Wann musste er die nächsten Schläge seines Stiefvaters ertragen? Er hatte Angst, wieder in die elterliche Wohnung zurückzukehren. Sollte er vielleicht doch noch einmal mit Herrn Anders oder Frau Pagels reden oder noch besser mit beiden gemeinsam? Aber was sollte dabei schon herauskommen? Das Jugendamt würde ihn wieder für ein paar Wochen zu einer Pflegefamilie geben oder gar in ein Heim. Aber in ein Kinderheim kommen, wollte er auf keinen Fall.

Frank hatte keine Vorstellungen davon, wie es in so einer Kindereinrichtung zuging, aber er stellte sich einen möglichen Aufenthalt darin nicht sehr schön vor. Er hatte gehört, dass auch die Kinder in einem Heim geschlagen wurden, wenn sie für ein Fehlverhalten bestraft wurden. Hätte ihn jemand gefragt, wie er zu seinem Wissen über Kinderheime kam, hätte er das nicht beantworten können. Er ging von der Richtigkeit seines fehlerhaften Wissens aus und glaubte, wenn er in einem Heim geschlagen werden durfte, dass er ebenso gut bei seinen Eltern bleiben konnte. Es war ihm egal, wo und von wem er geschlagen wurde.

Ähnlich wie sein Freund Falko verdrängte er seine negativen Gedanken. Das endete an dem heutigen Tage in einer Überdrehtheit der drei Freunde, die alle Ermahnungen der Lehrer schnell vergaßen. Sie wollten den letzten Tag der Klassenfahrt genießen, ihn noch einmal sorgenfrei erleben dürfen, koste es, was es wolle. Wenigstens traf das auf Frank und Falko zu.

Der Einzige von ihnen, der sich auf seine Eltern freute, war Jörg. Er wollte ihnen unbedingt erzählen, was er alles in dieser Woche erlebt und gesehen hatte. Deshalb war auch er heute etwas aufgeregter als sonst.

*****

Das Drama begann damit, dass sie eine Aussichtsplattform besuchen wollten. Frank, Jörg und Falko waren den anderen vorausgeeilt. Die schöne Woche, die die Kinder und Lehrer bisher hatten, sollte in nur wenigen Minuten einen ganz bitteren Beigeschmack bekommen.

Frank, Jörg und Falko hatten sich vom Rest der Klasse abgesetzt. Sie wussten, dass Herr Anders mit ihnen auf die Aussichtsplattform dieses Berges wollte. Von seinem Gipfel aus sollten sie einen herrlichen Ausblick auf die schöne Elblandschaft genießen können, die zudem mit dem Anblick der Festung Königstein verschönert sein sollte. Schnell liefen die Jungen die Treppen zur sogenannten „Schönen Aussicht" hoch. Oben angekommen blieben sie überwältigt stehen. Die Elbe schlängelte sich wie ein Band durch die weite Ebene. Das Wasser glitzerte und spiegelte sich in der Sonne. Zu beiden Seiten des Flusses erstreckten sich grüne Wiesen, die noch jetzt, im Oktober, von vielen bunten Blumen geschmückt waren. Am Rande ihres Blickfeldes entdeckten sie in der klaren Herbstluft weitere Berge und mitten darin die Festung Königstein. Über diese bunte Landschaft breitete sich als Kontrast ein wolkenloser blauer Himmel aus.

Mit offenen Mündern standen die Jungen da und waren von der Schönheit der vor ihnen liegenden Ebene überrascht. Wie angewurzelt blieben sie einen Augenblick stehen. Zum ersten Male in ihrem Leben bemerkten sie, wie unbedeutend der Mensch sein konnte. In tausend Jahren würde dieser Flecken Natur noch so unverändert schön sein wie heute. Aber alle Menschen, die die Jungen kannten, einschließlich sie selbst, waren dann schon längst nicht mehr auf der Welt. Niemand würde sich an sie erinnern.

Aber die Elbe sollte auch in jener Zeit immer noch durch diese weite schöne Gegend fließen.

„Ist das schön!", fasste sich Jörg als Erster.

„Ist das nicht ein geiler Anblick?", fragte Falko.

Frank schluckte, plötzlich verspürte er für einen Moment eine tiefe Traurigkeit in seinem Herzen. Das verstand er nicht. „Mensch, reiß dich zusammen", befahl er sich. Dann sah er die beiden anderen an und neckte sie: „Ihr tut ja so, als ob ihr noch nicht solch eine Aussicht gesehen habt. Denkt doch nur einmal an die Bastei und an die Festung. Von da hatten wir einen genauso geilen Ausblick wie von hier."

„He, so schön wie hier war es auf der Festung Königstein nicht!", beschwerte sich Jörg.

„Und ob", rief Frank übermütig lachend und schubste den Freund kräftig an, sodass der beinahe gestürzt wäre. Das konnte Jörg nicht auf sich sitzen lassen und schubste zurück. Nun begannen sie alle drei, oben auf der Aussichtsplattform herumzutoben. Sie lachten und scherzten und stießen sich gegenseitig an. Ach, was war das Leben doch schön!

Frank rief plötzlich: „Fangt mich doch!" Dabei lief er auf eine Treppe zu, die zu einer weiteren Felsterrasse unterhalb der „Schönen Aussicht" führte, und sprang in weiten Sätzen die Stufen herunter.

Jörg nahm die Verfolgung auf. Genauso wie sein Freund übersprang auch er einige Treppenstufen. Er eilte dem fliehenden Frank hinterher. Dabei übersprang er zwei bis drei Stufen. Plötzlich gab eine Stufe unter seinen Füßen nach und kippte nach vorn. Jörg verlor das Gleichgewicht, stürzte und fiel dem Geländer entgegen, das die untere Aussichtsplattform begrenzte.

Im Fallen versuchte er sich daran festzuhalten, doch sein Körper hatte so viel Schwung, dass er über das blank gescheuerte Metall geschleudert wurde. Im allerletzten Moment schaffte er es, mit einer Hand eine der Metallstangen zu packen, aus denen die Begrenzung der Plattform bestand. Panische Angst ergriff ihn.

Wie viele Meter unter ihm befand sich der Erdboden! Wie sollte er den nur erreichen? Retten konnte er sich nur dann, wenn es ihm gelang, auf die Plattform zurückzuklettern. Doch das Geländer war so hoch!

Verzweifelt versuchte Jörg, sich zum Geländer hochzuschwingen. Nach einigen mühevollen Versuchen musste er jedoch begreifen, dass er das nicht allein schaffen konnte. Unter ihm herrschte gähnende Leere. Wie sollte er die vielen Meter bis zum Waldboden unbeschadet überwinden? Das waren doch bestimmt 20 Meter! Plötzlich konnte er keinen klaren Gedanken mehr fassen. Todesangst breitete sich in ihm aus.

„Helft mir!" Jörg fürchtete, sich nicht mehr lange an der Metallstange festhalten zu können. Ihm schoss der Gedanke durch den Kopf, dass er unweigerlich dem Tode geweiht sein musste, wenn er hier abstürzen sollte. Der Schweiß trat ihm aus allen Poren. Durch die Angst und die große Kraftanstrengung wurden auch seine Hände nass.

Jörg versuchte zum wiederholten Male, seine zweite Hand an das Geländer zu bekommen, aber vergeblich.

Im Nu waren seine Freunde bei ihm. Schnell fasste Frank zu und ergriff ihn am Handgelenk seines freischwebenden Armes. Doch plötzlich rutschte Jörgs Hand, mit der er sich am Geländer festgeklammert hatte, von dem blanken Metall ab. Nun hing er nur noch an der Hand seines Freundes, der mit allen ihm zur Verfügung stehenden Kräften versuchte, ihn festzuhalten.

Vor Anstrengung verzerrte sich Franks Gesicht zu einer Grimasse. Ebenso verzerrt, aber aus einem anderen Grund, war Jörgs Gesicht. Das blanke Entsetzen spiegelte sich in seinen Augen wider.

„Schnell, Falko, ich kann ihn nicht mehr lange halten", rief Frank, der ebenfalls panische Angst um Jörg bekam.

So schnell er konnte, eilte Falko den beiden Jungen zur Hilfe. Er wollte Jörg bei seinem Kampf ums Überleben helfen, den Freund ergreifen und ihn mit allen seinen Kräften mit Frank gemeinsam auf das sichere Bergmassiv zurückziehen. Mit Frank zusammen sollte er, nein, musste er das doch schaffen. Schnell beugte sich Falko zu Jörg hinab und wollte ihn am Arm packen. Was nun geschah, ging so rasend schnell, aber Falko nahm es wie in Zeitlupe wahr.

Genau in dem Moment, als Falko Jörgs Arm packen wollte, rutschte dessen anderer Arm durch Franks Hand. Mit einem schrillen Schrei fiel Jörg mit strampelnden Armen und Beinen dem Erdboden entgegen.

Entsetzt sahen Frank und Falko den Freund fallen. Mit vereinten Kräften wollten sie ihn auf den rettenden Boden des Berges ziehen, aber nun mussten sie mit ansehen, dass Jörgs Körper auf einen Ast eines Baumes fiel, der einige Meter unterhalb der Plattform stand. Der Ast gab nach und Jörg stürzte weiter dem Abgrund entgegen. Als der arme Junge auf den Boden aufschlug, war er etwa fünfzehn Meter in die Tiefe gestürzt. Regungslos blieb Jörg mit seinem Kopf nur wenige Zentimeter neben einem großen Stein liegen.

*****

Alle Farben waren aus Falkos und Franks Gesichtern gewichen. Auf grausame Weise erlebten sie Jörgs Absturz. Die Jungen standen am Geländer und sahen in die Tiefe. Zu keiner Reaktion fähig. Plötzlich sagte Frank mit tonloser Stimme: „Ich bin schuld. Es ist alles meine Schuld!" Er war vom Tod des Freundes überzeugt und konnte sich nicht mehr beherrschen. Er hatte Jörg doch schon am Arm gehalten! Wie konnte der ihm aus der Hand gleiten! Frank machte sich bitterliche Vorwürfe und begann zu weinen.

Genauso fassungslos war Falko. Er war zu keinem klaren Gedanken fähig. Endlich dachte er daran, schnell Hilfe zu holen. „Hilfe", sagte er zunächst leise, dann lauter und immer wieder lauter schrie er das Wort schließlich aus sich heraus. „Hilfe! Schnell, Jörg ist abgestürzt!"

In diesem Moment kam Herr Groth auf die Plattform. Im nächsten Augenblick war er bei den Jungen und sah über das Geländer unter sich den wie leblos liegenden Körper Jörgs.

„Bleibt ruhig", wies er die Jungen an, „Frank, du kommst mit mir, Falko, du läufst zurück zu den anderen und sagst Herrn Anders, was passiert ist! Er soll schnell zu Jörg kommen. Frank und ich laufen zu ihm. Ich rufe die Rettung!"

Die Jungen waren froh, dass ein Erwachsener bei ihnen war und ihnen sagte, was sie tun sollten. Gerne kamen sie der Aufforderung des Sportlehrers nach. Frank hatte Mühe mit dem großen, trainierten Mann beim Abstieg mitzuhalten. Im Laufen telefonierte Herr Groth und bestellte einen Rettungshubschrauber zur Aussichtsplattform. Ein Auto konnte den Unfallort durch dieses unwegsame Gebiet nicht erreichen. Sicher übersprang der Mann jedes Hindernis, dass ihm den Weg versperrte. Frank hetzte dem Lehrer hinterher.

Endlich waren sie bei Jörg angekommen. Sofort fiel Herr Groth auf die Knie und beugte sich zu dem verunfallten

Jungen herunter. Er kontrollierte Jörgs Puls und Atmung. „Gott sei Dank, er lebt!"

Nun hockte sich auch Frank zu seinem Freund hinab. Er wollte Jörgs Hand berühren.

„Du darfst ihn nicht bewegen!", sagte Herr Groth.

Sofort zog der Junge seine Hand von der seines verletzten Freundes zurück. Er hatte Angst um Jörg. „Er wird doch wieder gesund?"

„Ich hoffe es!"

Nach einigen Augenblicken, die Frank endlos erschienen, kam Herr Anders zu ihnen. Dieser wollte wissen, was passiert war. Frank erzählte es ihm. Er endete mit den Worten: „Ich habe Schuld an Jörgs Absturz! Er rutschte mir aus der Hand. Außerdem habe ich mit der Rennerei auf der Plattform angefangen."

Beide Lehrer versuchten, Frank zu beruhigen. Herr Anders schaute Frank in die Augen. Seine Stimme hatte einen energischen Klang. „Das darfst du nicht denken. Junge, du bist vierzehn Jahre alt. Wie solltest du Frank halten können! Es ist nicht deine Schuld. Verstehst du das? Es ist nicht deine Schuld, Frank, es ist ein schrecklicher, unglücksseeliger Unfall! Dass Jörg über die Brüstung gefallen ist, ist ein unglücklicher Zufall. Du musst dir keine Vorwürfe machen, absolut nicht! Hörst du?"

Endlich kam der Rettungshubschrauber. Nur wenige Minuten mussten sie auf ihn warten, aber die kamen ihnen beinahe wie Stunden vor. Die Zeit schien nicht zu vergehen. Er landete auf der Plattform. Mit einer Schaufeltrage kamen der Arzt und ein Sanitäter sowie der Pilot zum Unfallort herunter. Außerdem führten sie einen großen schweren Verbandskoffer und eine Vakuummatratze mit sich, die Frank noch nie in seinem Leben gesehen hatte.

Frau Pagels traf mit dem Rest der Klasse am Fuße der Aussichtsplattform. Die Schüler und die Lehrerin konnten nicht fassen, was geschehen war. Frau Pagels kümmerte sich um die Schüler in liebe- und aufopferungsvoller Weise.

Jörg wurde vom Notarzt untersucht. Als er damit fertig war, versetzte er den Jungen vorsorglich in ein künstliches Koma. Außerdem bekam er einen Tubus in die Luftröhre geschoben, über den ihm Sauerstoff zugeführt wurde. In den rechten Arm legte der Arzt einen venösen Zugang. Darüber bekam Jörg Medikamente gespritzt.

Nachdem der Notarzt alle erforderlichen Maßnahmen für Jörg eingeleitet hatte, sprach er mit den beiden Lehrern.

Die Sanitäter schoben in dieser Zeit die beiden Elemente der Schaufeltrage vorsichtig unter Jörgs Körper und steckten sie dort zusammen. Danach hoben sie den bewusstlosen Jungen damit auf die Vakuummatratze, ohne ihn dabei zu bewegen. Die Vakuummatratze wurde anschließend seinem Körper angepasst und die Luft aus ihr abgesaugt. Dabei wurde sie allmählich fest und hart wie ein Brett.

Jörgs Körper durfte nicht bewegt werden, solange nicht feststand, dass seine Wirbelsäule nicht verletzt war. Deshalb wurde er auf diese Weise gebettet und zum Hubschrauber transportiert, um eine Querschnittslähmung zu verhindern. Herr Groth half den Männern, Jörg auf die Aussichtsplattform zum Hubschrauber zu tragen.

Als dieser mit lautem Motorenlärm und den durch die Rotorblätter verursachten Wind davongeflogen war, herrschte an der Aussichtsplattform Totenstille.

Die Schüler befanden sich in Schockstarre.

Herr Groth kehrte zur Klasse zurück. Er sprach leise zu Herrn Anders. Danach streckte dieser sich, er musste sich um die Klasse kümmern und die Führung wieder übernehmen. Auch er fühlte sich nicht gut. Der Schock und die

Angst um seinen verunglückten Schüler waren auch ihm in die Glieder gefahren. „Setzt euch, Kinder!"

Schweigend nahmen die Jungen und Mädchen Platz, jeder gerade dort, wo er oder sie sich befand.

Herr Anders schaute zu ihnen. „Was geschehen ist, hat uns alle sehr mitgenommen. Falko und Frank, die bei dem Geschehen dabei waren, trifft keine Schuld an diesem Unfall." Er wendete sich direkt den beiden Jungen zu. „Hört ihr, ihr könnt nichts dafür. Es war ein Unfall! Eine lose Treppenstufe ist dafür verantwortlich. Herr Groth hat sie gefunden und mich soeben darüber informiert. Wäre sie fest, wie es sein sollte, wäre Jörg nicht über das Geländer gestürzt."

Frank fühlte sich trotzdem für Jörgs Unfall verantwortlich. Er glaubte, wenn er nicht begonnen hätte, mit Falko und Jörg Greif zu spielen, wäre Jörg nicht auf die lose Treppenstufe getreten und somit nicht über das Geländer gefallen.

Herr Anders wandte sich wieder allen Schülern zu: „Der Arzt sagte mir, dass Jörg, wenn es keine Komplikationen gibt, wieder gesund wird! Er hat mehrere Knochenbrüche, er muss operiert werden, aber er wird wieder gesund! Und das ist es, was in diesem Moment zählt! Macht euch also bitte keine Sorgen. Ich werde nachher, wenn wir in der Jugendherberge sind, mit Jörgs Eltern telefonieren und sie über den Unfall informieren."

*****

Als sie in die Jugendherberge zurückgekehrt waren, rief Herr Anders in der Klinik an und erfuhr, dass es Jörg den Umständen entsprechend gut ging. Das teilte er seinen Schülern nach dem Telefonat mit Jörgs Eltern mit.

Am Abend gingen Frank und Falko früh ins Bett. Beide Jungen wurden von Schuldgefühlen geplagt. Die Lehrer konnten erzählen, was sie wollten, sie allein waren für das Unglück verantwortlich. Zunächst herrschte absolute Stille im Zimmer der beiden.

Doch nach einigen Minuten sagte Falko: „Gott sei Dank, er lebt und wird wieder gesund!"

„Ja", antwortete Frank.

„Wie mag es sein, wenn man tot ist?"

„Man merkt nichts mehr. Es muss so sein, als wenn man schläft."

„Dann möchte ich tot sein!"

„Ich auch!"

Plötzlich fragte Frank: „Ob es sehr weh tut, wenn man sich umbringt?"

„Das kommt bestimmt darauf an, wie man es tut."

„Ja, das wird es wohl sein!", meinte Frank.

Danach hingen sie, jeder für sich, ihren traurigen Gedanken nach. Obwohl sie todmüde waren, schliefen sie in dieser Nacht nicht. Wenn sie die Augen schlossen, sahen sie Jörg von der Aussichtsplattform abstürzen. Frau Pagels kam etwas später noch einmal zu ihnen. Sie wollte wissen, wie es den beiden Jungen ging. Sie stellten sich schlafend, denn sie wollten allein sein.

*****

Am nächsten Morgen fuhren sie mit dem Zug nach Hause zurück. Die Stimmung der jungen Leute war bedrückt und sollte nicht auflockern, bis sie sich in ihrer kleinen Stadt in Mecklenburg voneinander verabschiedeten. Dort hatte sich bereits herumgesprochen, was geschehen war.

Frank und Falko wollten nicht nach Hause gehen. Sie hatten in zweifacher Hinsicht Angst: Zunächst quälte sie die

Sorge um Jörg, außerdem fürchtete sich Falko vor seiner Mutter und Frank vor seinem Stiefvater. Das Drama ging weiter.

Verzweifelt

Während sich Frank auf der Klassenfahrt befand, bekam Ralf den Hass seines Stiefvaters zu spüren. So kam es, dass Wolf ihm immer wieder Aufgaben übertrug, die er zeitlich nicht erledigen konnte. Wolf akzeptierte Ralfs berechtigte Einwände nicht und verprügelte ihn.

Nachdem Wolf dem Jugendlichen an zwei aufeinander folgenden Tagen blutige Striemen zugefügt hatte, zog Ralf die Konsequenzen. Er verließ die elterliche Wohnung auf Nimmerwiedersehen. Seine persönlichen Sachen verstaute er in eine große Sporttasche. Kurz nach Mitternacht stand er auf und schrieb der Mutter einen langen anklagenden Brief. Unter anderem bat er die Mutter darin, auf Frank aufzupassen. Er schrieb, dass der Kleine sehr sensibel sei und nicht mehr sehr lange Wolfs Torturen ertragen werde. Wenn sie nicht wolle, dass sie ihren Jüngsten auf eine ähnliche Art und Weise verliere wie ihn, solle sie dafür sorgen, dass Frank nicht mehr von Wolf geschlagen werde.

Den Brief fand Frau Wolf in Ralfs Zimmer. Als er am ersten Abend nach seiner Flucht vor Wolf nicht zum Abendessen erschien, wollte sie ihn in seinem Zimmer aufsuchen und sah den Brief auf seinem Schreibtisch liegen. Da begriff sie, dass sie auf absehbare Zeit ihren Ältesten nicht mehr wiedersehen werde.

Sofort überfielen sie Panikattacken, die sie mit einer Beruhigungstablette bekämpfte. Allmählich stellte sich eine große Müdigkeit in ihr ein. Dumpf, aber irgendwie auch wohltuend. Gleich schluckte sie eine zweite Tablette, nach der sie sich allmählich noch wohler fühlte.

Als sie am nächsten Morgen wieder an Ralf dachte, bekämpfte sie die aufkommende innere Unruhe erneut mit zwei Beruhigungstabletten. Danach nahm sie kaum noch etwas von ihrer Umwelt wahr. Deshalb bemerkte sie nicht, dass der Tag verging und nicht wie sie meinte, der späte Vormittag, sondern bereits der Abend anbrach. Der Abend, an dem Frank von der Klassenfahrt zurückkehrte.

Als der Junge die Wohnungstür öffnete, bemerkte Frau Wolf auch das nicht. Sie registrierte Franks Anwesenheit erst, als er direkt vor ihr stand. „Hallo, Mama, ich bin wieder da."

„Ach, du bist schon wieder zurück?", lallte sie verschlafen.

Frank bemerkte, dass es seiner Mutter nicht gut ging. Es schien ihm, als sei sie ein Teil einer anderen Welt. Sie registrierte ihren Sohn zwar, begriff aber nicht, dass er bei ihr stand. Sie befand sich in einem apathischen Zustand, den Frank bei seiner Mutter noch nicht erlebte. Kaum war er zu Hause, drohten ihn seine Sorgen erneut zu erdrücken. Nun musste er nicht nur um Jörg Angst haben, weil er nicht wusste, wie sich der Gesundheitszustand seines Freundes entwickelte, sondern auch noch um seine Mama. Warum reagierte sie so langsam? Warum konnte sie kaum noch sprechen? Die Worte kamen ihr nur sehr leise über die Lippen, sodass der Junge genau zuhören musste, wenn er seine Mutter verstehen wollte. Er begriff, dass seine Mutter Hilfe brauchte und sie ihn nicht vor Wolf beschützen konnte. Seine Angst vor Wolf stellte sich wieder ein, er bekam beinahe eine Panik.

„Wo ist Ralf?", fragte er hilflos.

Die Mutter schwieg. Stattdessen zog sie Ralfs zerknitterten Brief aus der Tasche ihrer Jeans und gab ihn Frank. Schon wieder wuchsen seine Probleme. Jetzt war er praktisch allein zu Hause und Wolf schutzlos ausgeliefert. Das schnürte ihm die Kehle zu. Er war kaum in der Lage zu sprechen und bekam kaum noch Luft. Was er in diesen

Momenten las, konnte er kaum glauben. Schnell lief er in Ralfs Zimmer und fand bestätigt, was er vor wenigen Augenblicken gelesen hatte. Nein, in diesem Haus konnte er nicht länger bleiben. Das hielt er nicht mehr aus. Er musste raus aus dieser Wohnung. Aber wo sollte er hin ...

*****

Falko erging es nicht besser als seinem Freund Frank. Als er die Wohnung betrat, wurde er von seiner Mutter mit den Worten begrüßt: „Na, du schwule Sau, bist du auch wieder zu Hause? Hast du andere Jungs gefickt? Oder hast du denen etwa deinen Arsch hingehalten? War es wenigstens schön?!"

„Bitte, Mama, Jörg ist abgestürzt und ich weiß nicht, wie es ihm geht. Ich mache mir Sorgen."

„Ist Jörg dein schwuler Freund?"

„Nein, Mama, Jörg ist nicht schwul und ich kenne auch keinen schwulen Jungen oder schwulen Mann."

Jetzt schrie Frau Blechschmidt Falko an: „Du elende schwule Sau! Es war so schön hier ohne dich! Verschwinde doch einfach! Du bist doch sowieso nur ein Schwein, das mit anderen Männern rummacht! Du hast kein Recht zu leben. Hänge dich doch endlich auf!"

Fassungslos, zu keiner Bewegung fähig, stand der Junge im Zimmer vor seiner Mutter. Tränen der Wut und der Verzweiflung liefen ihm über sein Gesicht.

*****

Frau Wolf lag im Bett und schlief. Es war schon nach Mitternacht. Die dritte Beruhigungstablette hatte sie in einen komaähnlichen Schlaf versetzt.

So bekam sie nichts von dem mit, was wenige Meter neben ihr geschah.

185

*****

Frank wurde aus dem Schlaf gerissen. Unsanft zog jemand an seinem rechten Arm. Eine grobe Stimme fragte: „Wo ist Ralf?" Diese Stimme gehörte Wolf.

„Ich weiß das nicht, Papa!"

„Natürlich weißt du das, Bengel, auf der Stelle sagst du mir, wo dein Bruder hin ist!"

„Ich weiß es wirklich nicht, Papa!"

Wolf holte aus und schlug dem Jungen seine große, von der Waldarbeit hart gewordene flache Hand ins Gesicht. „Du willst mir das bloß nicht sagen. Ihr wisst doch sonst immer alles voneinander!"

Wolf zerrte den Jungen aus dem Bett. Gegen den großen und starken Mann war der schmächtige Junge machtlos. Als wäre Frank eine Puppe, legte sich der brutale Kerl das Kind über sein linkes Knie und zog ihm die Boxershorts herunter. Sofort danach flog die große, schwere Hand des brutalen Kerls auf den kleinen Po des Jungen nieder. Gnadenlos schlug Wolf auf das Kind ein. Es war ihm auch dieses Mal egal, welche Körperteile er traf. Wenige Minuten später waren Franks Po und Oberschenkel tiefrot und teilweise blau. So schlimm war der Junge kaum jemals zuvor verprügelt worden. Und Wolf drosch wie von Sinnen immer weiter auf ihn ein.

Als Wolf endlich von ihm abließ, lag Frank weinend und sich vor Schmerzen krümmend auf seinem Bett. Eine Stunde später stand er, immer noch weinend, auf der Straße. Unbeschreibliche Panikattacken quälten ihn. In seiner Schultasche hatte er ein Paar Strümpfe, zwei Boxershorts und zwei T-Shirts eingepackt. Er wollte nach Rostock fahren und dort nach seinem Bruder suchen.

*****

Frank fehlte in der Schule. Niemand wusste, wo er war. Falko war ratlos. Gestern hatten sie sich verabredet, gemeinsam zur Schule zu gehen. Doch wer nicht kam, war Frank. Herr Anders rief Frau Wolf an. Auch sie konnte sich nicht erklären, warum der Junge nicht in die Schule gegangen war. Zu Hause fehle nichts, alle seine Sachen seien dort, wo sie hingehörten. Trotzdem fehlte von Frank jede Spur.

Herr Anders machte sich große Sorgen um den Jungen. Hoffentlich tat das arme Kind nichts Unüberlegtes. Er rief das Jugendamt an und informierte es über die ihm bekannten Ereignisse des gestrigen und heutigen Tages.

*****

Frank lief die ganze Nacht über die Felder und Straßen seinem Ziel entgegen. Kein Zug fuhr zu dieser Zeit nach Rostock. Doch auf dem Bahnhof in seiner kleinen Stadt konnte er nicht bleiben. Jede Polizeistreife hätte ihn aufgegriffen und zu seinen Eltern zurückgebracht. Das wollte er nicht riskieren, also musste er versuchen, zu Fuß nach Rostock zu gelangen. Vielleicht hatte er Glück, dass ihn ein Auto mitnahm.

Er lief Meter um Meter, Minute um Minute. Seine Gedanken jagten sich. Doch waren sie durcheinander.

Er dachte an seine Mutter, danach an die Klassenfahrt, dann wieder an die Mutter, um fast im selben Moment an Ralf zu denken. Es gelang ihm nicht, auch nur einen Gedanken zu Ende zu denken. Doch die vielen Gedanken lenkten ihn vom Laufen ab. Der Weg nach Rostock war noch weit. Er überlegte, wie viele Kilometer er schon zurückgelegt haben mochte. Schließlich glaubte er, dass es ungefähr fünf Kilometer waren. Also hatte er noch 25 Kilometer vor sich. Er fragte sich, wie er die schaffen sollte.

Gegen fünf Uhr hielt ein Auto neben ihm an. Schon zwei Stunden lief das Kind durch die Nacht. In der Rostocker Südstadt setzte der Fahrer des Pkw den Jungen etwa zehn Minuten später wieder ab. Weitere zwei Stunden danach glaubte Frank, an seinem Ziel zu sein. Er befand sich im Überseehafen in dem Betrieb, von dem er wusste, dass sein Bruder Ralf dort arbeitete. Er fragte sich zum Arbeitsplatz des Bruders durch und stand eine Viertelstunde später vor Ralfs Meister.

„Dein Bruder arbeitet nicht mehr hier!", sagte der Mann, nachdem Frank nach Ralf gefragt hatte.

„Wo arbeitet Ralf denn jetzt?"

„Das weiß ich nicht, er hat gekündigt."

Enttäuscht drehte Frank sich von dem Mann weg, der seine aufsteigenden Tränen nicht sehen sollte. Der Junge suchte sich einen Weg aus dem Überseehafen heraus und fuhr danach mit der S-Bahn zum Hauptbahnhof zurück. Völlig ratlos stand er auf dem Bahnhofsvorplatz. Nach einer Weile begann er, ziellos durch die Stadt zu irren. Wusste er noch, wo er war?

„Warum kann mich niemand leiden?', fragte sich das Kind. „Jetzt hat sogar Ralf mich allein gelassen. Was soll ich ohne ihn nur tun? Will er mich denn auch nicht mehr bei sich haben? Er hat doch immer versucht, mich vor Wolf zu beschützen! Und jetzt ist er weg. Er mag mich auch nicht mehr." Dass Ralf nicht anders handeln konnte und der Rückzug des Bruders von der Familie nichts mit ihm zu tun hatte, daran dachte Frank nicht. Erst recht nicht daran, dass Ralf auf eine günstige Gelegenheit wartete, um ihn aus dem Elternhaus herauszuholen und ihm ein relativ sorgloses Leben bieten zu können. In seinem alten Betrieb hatte er gekündigt, damit Wolf ihn eines Tages nicht fand. Ralf nahm eine Stelle als Hilfsarbeiter an und suchte sich eine Wohnung, um für Frank sorgen zu können. Doch das konnte Frank nicht wissen.

„Und Papa mag mich auch nicht. Sonst würde er mich doch nicht immer wieder verhauen. Mein Arsch tut jetzt noch weh. Aber dieses Mal konnte ich für den Arschvoll wirklich nichts. Ich weiß doch nicht, wo Ralfi ist. Niemand mag mich leiden." Er empfand eine Traurigkeit, wie er sie noch nie in seinem Leben gekannt hatte. Immer wieder musste er weinen. Es gelang ihm nicht, sich dauerhaft zu beruhigen. Nach wenigen Augenblicken kullerten seine Tränen erneut über sein Gesicht. Er schluchzte immer wieder und musste sich ständig die Nase putzen.

„Habe ich nicht immer versucht, alles zu tun, was Papa von mir wollte? Ich hätte die eine oder andere Bestrafung verhindern können, wenn ich sofort den Müll weggebracht hätte, als er mir das sagte. Ich hätte eben immer alles sofort erledigen sollen, dann hätte Papa mich bestimmt geliebt. Und Frau Pagels? Sie hat wenigstens versucht, mir zu helfen. Herr Anders auch. Aber sie konnten es nicht wirklich. Ich habe mich in der Pflegefamilie wohlgefühlt. Keiner war da, der mit mir schimpfte oder mich verhauen wollte. Ich hatte meine Ruhe. Aber dann kam Muttis Anruf und ich musste wieder zurück."

In der Kröpeliner Straße kam Frank an einen Stand vorbei, an dem Gegrilltes verkauft wurde. Der würzige Geruch von Grillfleisch und Bratwürsten erreichte seine Nase. Sein Magen knurrte, Frank hatte nicht daran gedacht, sich etwas zu essen mitzunehmen. Schon seit 17 Stunden hatte er nichts mehr gegessen. In seinen Taschen forschte er nach Geld. Zu gerne wollte er sich eine Bratwurst kaufen, doch als er sein Geld in einer seiner Hosentaschen fand, stellte er fest, dass es nicht einmal für eine Tüte Bonbons reichte. Enttäuscht und mit knurrendem Magen setzte er seinen Weg fort.

Schließlich lenkten ihn seine Gedanken vom Hunger ab. „Mutti tut mir leid. Bestimmt nimmt sie diese ganzen Tabletten, weil ich nicht immer meine Aufgaben erledigt habe, wie sie und Papa das von mir erwartet hatten. Deshalb hat mich Papa immer gehauen. Aber ich wollte doch immer lieb sein und tun, was er sagte. Ich will ihn lieben, aber das kann ich nicht. Am liebsten wäre es mir, wenn er tot wäre. Dann könnte er mir nicht mehr weh tun." Für einige Augenblicke hatte Frank sich beruhigt, doch jetzt begann er gegen seinen Willen wieder zu weinen.

„Mutti hat das alles mitbekommen. Deshalb nimmt sie die Tabletten. Ich sollte nicht mehr leben, ich mache doch sowieso alles falsch. Was soll ich nur tun? Nach Hause gehe ich nicht mehr zurück. Zum Jugendamt brauche ich auch nicht zu gehen. Die bringen mich doch nur wieder zu Wolf zurück."

Ein Junge blieb vor Frank stehen und fragte ihn, wie er in die Grubenstraße kommen konnte. Frank war so sehr in seine Gedanken vertieft, dass er achtlos weiterging. Der Junge zuckte mit den Schultern und wendete sich jemand anderem zu.

Doch Frank befand sich wie in Trance. Er bemerkte seine Umwelt nicht und folgte seinen traurigen Gedanken. „Ich muss Ralfi finden. Aber wo soll ich ihn suchen? Und wenn ich nicht mehr nach Hause zurückgehe, dann sehe ich Falko auch nicht mehr wieder. Falko ist der einzige Mensch, der mich gerne hat. Ich mag ihn auch. Er ist mein Freund. Mit ihm kann ich über alles reden. Er versteht mich. Aber ich kann ihn nicht so lieb haben wie er mich. Ich weiß doch, was er will. Er will mich umarmen und küssen. Aber das kann ich nicht, ich will das außerdem nicht. Damit tue ich ihm weh. Aber ich sollte ihm nicht wehtun.

Und der arme Jörg? Ob er am Leben bleibt? Ich habe gehört, dass ihm die Schädelbasis gebrochen ist. Was ist die Schädelbasis? Das ist bestimmt sehr schlimm und tut sehr weh. Wer weiß, ob die Ärzte uns die Wahrheit gesagt haben. Wenn sein Gehirn vielleicht etwas abbekommen hat und er für immer doof bleibt? Und wenn er tatsächlich sterben sollte, dann bin ich daran schuld! Wenn ich da oben nicht angefangen hätte zu toben, wäre Jörg nicht abgestürzt. Da kann Herr Anders sagen, was er will. Er ist Lehrer und muss mich beruhigen.

Ich glaube, die Erwachsenen wollen mich sowieso immer und überall einlullen. Das soll ihnen nicht mehr gelingen. Zu oft schon wurde ich von ihnen enttäuscht. In Wirklichkeit bin ich nämlich allen Menschen egal. Wenn sie mich nicht sogar verabscheuen.

Nicht Wolf sollte tot sein, sondern ich. Ich bringe doch allen Menschen nur Unglück. Es ist auch egal, ob es wehtut, wenn ich mich umbringe. Wenn Wolf mir den Arsch versohlt, tut das auch sehr weh. Und der wird mir noch sehr oft meinen Arsch versohlen. Wenn ich mich umbringe, tut das vielleicht auch weh, aber nur einmal. Aber Wolf wird mir immer wieder weh tun. Oh, Gott, ich muss Ralfi finden."

Mit diesen trüben Gedanken lief der Junge durch die Stadt. Er war müde und die Beine taten ihm vom vielen Gehen weh. Schließlich war er schon seit acht Stunden in Rostock unterwegs. Er hoffte, Ralf in der Kröpeliner Straße, in der Einkaufsmeile Rostocks, zu finden. Aber bald musste er einsehen, dass das ein sinnloses Unternehmen war.

Später versuchte er, sich an Ralfs Freunde zu erinnern. Zwei Adressen fielen ihm ein. Mühevoll fand er die Straßen, in denen sie wohnten. Hoffnungsvoll stand er vor den Haustüren von Ralfs Freunden und klingelte. Aber es war bei dem einen wie bei dem anderen. Seine Hoffnung wurde jäh zerstört, die beiden jungen Männer wussten nicht, wo sich sein Bruder aufhielt.

Die Zeit verging, der Tag neigte sich langsam, aber sicher seinem Ende entgegen. Frank erblickte mitten in der Stadt ein Hochhaus. Immer wieder kam er durcheinander, als er seine Stockwerke zählte. Es mussten über zwanzig Etagen sein. Er wollte sich dieses Hochhaus aus der Nähe ansehen. Nun hatte er ein Ziel. Auf den Weg dahin kam er an einer Eckkneipe vorbei. Sein Blick fiel in den Gastraum und er stellte fest, dass sich niemand darin aufhielt, keine Gäste, kein Wirt, niemand.

Leise ging er in die Kneipe hinein. Hinter dem Tresen stand ein Regal mit vielen verschiedenen Schnapssorten. Er griff nach einer Flasche Wodka. Die steckte er sich unter sein T-Shirt und verschwand damit unbemerkt ins Freie.

Im Hochhaus angekommen, die Flasche Wodka hatte er längst in seine Schultasche gelegt, fuhr er mit dem Fahrstuhl bis in die oberste Etage. Er suchte und fand den Weg zum Dach.

Als er sein Ziel erreichte, suchte er sich ein Plätzchen, an dem er ungestört und von anderen Menschen unbemerkt bleiben konnte, falls noch jemand das Dach des Hochhauses aufsuchen sollte. Seine Schultasche stellte er auf den Boden und setzte sich neben sie. Frank wollte sich den Sonnenuntergang ansehen, doch bis dahin sollte noch etwas Zeit vergehen. Der Junge hatte sich beruhigt und nun hatte er alle Zeit der Welt. Aus seiner Schultasche holte er einen Schreibblock und einen Füllfederhalter. Mit seiner schönsten Schönschrift schrieb er einen langen Text auf die ersten Blätter des Blocks und legte danach alles wieder in die Tasche zurück. Jetzt griff er nach der Flasche Wodka und sah sich das Etikett an. Darauf stand „Gorbatschow".

„Das also soll ein guter Wodka sein, auf jeden Fall ist er gut genug für mich", dachte Frank und schraubte die Flasche auf. Er roch an der Öffnung des Flaschenhalses und konnte kaum einen Geruch wahrnehmen. Danach trank er einen großen Schluck. Der Schnaps brannte in seinem Mund und schmeckte nicht. Trotzdem schluckte er den Wodka herunter. Eine wohlige Wärme breitete sich in seiner Speiseröhre und seinem Magen aus.

„Na, bitte, es geht doch!", dachte er und nahm gleich einen zweiten Schluck, der noch größer als der erste war. Ihm fiel ein, dass er den ganzen Tag noch nichts gegessen hatte. „Brauche ich jetzt auch nicht mehr. Mann, hatte ich einen Knast vorhin, aber jetzt habe ich gar keinen Hunger mehr."

Noch ein großer Schluck Wodka erreichte seinen Magen und der Alkohol gelangte von dort in die Blutbahn seines Körpers. Der Junge verspürte allmählich einen angenehmen Rausch. Er fühlte, wie es sich im Kopf langsam zu drehen begann und dass er etwas fröhlicher wurde. Jetzt belustigten ihn sogar seine trüben Gedanken.

Er stand auf und reckte sich. Ihm war warm. Er zog sich sein T-Shirt aus. Mit freiem Oberkörper ging er auf dem Dach hin und her. Er trank noch einen weiteren Schluck Wodka. Endlich fühlte er sich frei und beschwingt. Die Sonne näherte sich dem Horizont. Frank ging zum Rand des Daches, jedoch blieb er in sicherer Entfernung vor dem Abgrund stehen. Er wollte nicht vom Dach herunterfallen. Das wäre schlimm gewesen. Über diesen Gedanken lachte er kurz auf. Langsam drehte er sich zu allen Seiten hin und genoss die Aussicht, die sich ihm über die Stadt bot. Es war für ihn fast so schön wie auf der Aussichtsplattform im

Elbsandsteingebirge, bevor Jörg über die Absperrung gefallen war.

Plötzlich waren alle seine schlechten Gedanken und Erlebnisse wieder da. Wieder bahnten sich seine Tränen ihren Weg, er konnte nichts dagegen tun. Er erinnerte sich an die Flasche Wodka, die er immer noch in der rechten Hand hielt, und führte sie erneut an seinen Mund. Die Flasche hatte er schon mehr als zur Hälfte geleert. Endlich brachte er sie zu seiner Schultasche zurück und verstaute sie darin. Ebenso das T-Shirt, das er sich ausgezogen hatte. Er bemerkte, dass die Sonne sich dem Horizont so weit genähert hatte, dass sie in wenigen Augenblicken untergehen musste.

Jetzt zog Frank den Gürtel aus seiner Jeans heraus und legte ihn ebenfalls zu den anderen Sachen in die Schultasche. Danach sah er sich den Sonnenuntergang an. Die Sonne war zu einer großen roten Scheibe geworden. Frank genoss die warme frische Luft, die sich allmählich abzukühlen begann. Die große rote Scheibe erreichte den Horizont und tauchte in ihn hinein. Bald war aus der Sonne nur noch eine Dreiviertelscheibe geworden, danach nur noch eine halbe.

Endlich war die Sonne verschwunden. Jetzt zog sich Frank seine Schuhe und die Jeans aus und legte sie ebenso wie alle anderen Sachen in die Schultasche hinein. Seine Boxershorts behielt er an. Dann streichelte er sich mit seinen Händen kurz über den Po. Der piekte dabei, als versetzte ihm jemand mit feinen Nadeln kleine Stiche. Danach suchte er eine abgelegene Stelle auf dem Dach, um zu pinkeln. Dabei achtete er darauf, dass seine Füße trocken blieben.

Am Horizont nahm er den letzten Lichtschein der untergehenden Sonne wahr. Wieder ging er zum Rand des Daches hinüber. Eine kleine Mauer bildete den äußersten Rand.

Frank lächelte. „Wolf, du kannst mich mal", sagte er laut. Nach einer kleinen Pause sagte er: „Mama, bitte verzeihe mir, ich kann nicht anders. Alle haben mich allein gelassen. Auch du!"

Er wischte sich mit dem Handrücken eine Träne aus den Augen und fand seine innere Ruhe wieder, dann stieg er auf die kleine Mauer. Entspannt stand er darauf und atmete tief ein. Endlich fühlte er sich frei. Nie sollte ihm ein Mensch je wieder wehtun.

Plötzlich musste er an das Weihnachtsfest denken, dass er vor einigen Jahren erlebt hatte. Damals gehörte Wolf noch nicht zu ihrer Familie. Frank freute sich auf den Heiligen Abend, dann endlich konnte er seiner Mutti sein Geschenk übergeben. Es war ein großartiges und teures Parfüm. Das hatte er vom Leiter eines Ladens geschenkt bekommen, weil er zufällig half, einen Ladendieb zu stellen.

Im Geiste sah Frank das glücklich lächelnde Gesicht seiner Mutter vor sich. Wie sie sich über sein Geschenk gefreut hatte! Ihre Augen strahlten ihn förmlich an, als sie sich zu ihm herunterbeugte, ihn in ihre Arme nahm und ihm über den Rücken streichelte und ihn sanft auf die Wange küsste. Und Ralf hatte ihm anschließend anerkennend auf die Schulter geklopft. Ach, war das ein schönes Weihnachtsfest gewesen!

Aber das alles war vorbei. Solche schönen Zeiten gab es für ihn nie wieder, dafür würde Wolf sorgen. In diesem Augenblick hasste er den Mann seiner Mutter. Mit dem begann sein langes Leiden. Seitdem Wolf in sein Leben getreten war, wurde es für ihn immer unerträglicher. Niemand konnte ihm helfen. Frau Pagels nicht und Herr Anders auch nicht. Auch das Jugendamt hatte sich nicht mehr um ihn gekümmert, nachdem er aus der Pflegefamilie nach Hause zurückgekehrt war. Alle hatten sie ihn allein gelassen. Frank fühlte sich einsam wie noch nie in seinem Leben. Ihm fröstelte. Die Luft kühlte sich rasch ab.

Er machte einen Schritt. Sein Schritt ging ins Leere. Den Aufprall auf das Straßenpflaster spürte er nicht mehr.

Probleme

Am nächsten Tag stand Herr Anders schockiert und sichtlich aufgewühlt vor seiner Klasse. Vor wenigen Minuten hatte er die vierte Stunde noch fröhlich beendet. Jetzt, nach der halbstündigen Hofpause, war der Lehrer kaum wiederzuerkennen. Die Schüler spürten, dass etwas ganz Schlimmes passiert sein musste. Natürlich dachte jeder an Jörg. War er etwa ...? Totenstille herrschte im Klassenraum. Die Schüler wagten kaum, zu atmen.

Nach vielen Sekunden, die dem Lehrer und seinen Schülern wie eine Ewigkeit vorkamen, wollte Herr Anders zu seiner Klasse sprechen, aber er bekam keinen Ton heraus. Die Worte, die sich der Mann zurechtgelegt hatte, verschwanden plötzlich aus seinem Gedächtnis. Noch nie überbrachte er Schülern eine so tragische Nachricht. Er befahl sich innerlich, sich zusammenzureißen und die Kinder endlich zu informieren. Sie hielten das Warten kaum aus. Herr Anders fühlte alle Augen auf sich gerichtet. Er sah in die ernsthaften Gesichter seiner Schüler. Sie schwiegen. Noch nie in seinen vielen Berufsjahren empfand der Lehrer die Stille in einem Unterrichtsraum so bedrückend wie in diesem Moment. Endlich begann er stockend und mit beinahe krächzender Stimme zu seiner Klasse zu sprechen. Dabei musste er immer wieder eine Pause einlegen, weil ihm seine Stimme zu versagen drohte. „Freunde, ich muss euch etwas sehr Trauriges mitteilen. Mir fehlen einfach die Worte, ich weiß nicht, wie ich euch das sagen soll. Etwas sehr Schlimmes ist passiert!"

Falko sträubten sich alle Haare zu Berge. Plötzlich wusste er, was Herr Anders ihnen mitteilen wollte. Plötzlich wusste er, warum er Frank nicht erreichen konnte. Er wagte nicht, den Gedanken zu Ende zu denken. Schweiß trat ihm auf die Stirn. Er hörte Herrn Anders mit schmerzverzerrtem Gesicht sagen: „Es tut mir unsagbar leid, aber ich muss euch das mitteilen. Ich kann es selbst nicht fassen. Frank wird nicht mehr zur Schule kommen."

Dem Lehrer versagte die Stimme. Tränen standen ihm in seinen Augen. Endlich sprach er leise weiter: „Niemand von uns hat gewusst, welche schlimmen Dingen dem armen Frank angetan wurden. Er hat das Leben nicht mehr ertragen können, sein Leid war zu groß für ihn geworden. Er hat seinem Leben ein Ende gesetzt!"

„Nein, Nein ..." Falko sackte in sich zusammen, sein Kopf fiel auf die Tischplatte. Ein lauter Schluchzer entrang sich seiner Kehle. Hemmungslos begann er, zu weinen.

Herr Anders ging zu ihm, legte ihm hilflos eine Hand auf den Kopf und streichelte ihm über die Haare.

Im Klassenzimmer herrschte betroffenes Schweigen. Die Schüler konnten nicht glauben, was ihnen ihr Klassenlehrer sagte. Frank war doch noch vor zwei Tagen bei ihnen, gesund und sehr lebendig. Das Schweigen hielt an und wurde nur durch Falkos Schluchzen unterbrochen.

„Bitte, Kinder, geht nach Hause. Passt auf euch auf. Und wenn ihr mich braucht, dann wisst ihr, wo ihr mich findet. Geht leise durch das Schulhaus", sagte der Lehrer traurig. Immer noch streichelte er Falko über die Haare.

Der Junge hatte sich beruhigt und stand auf. Er wischte sich seine Tränen mit dem Handrücken aus dem Gesicht.

Falkos Mitschüler standen ebenfalls auf und packten schweigend ihre Sachen zusammen. Allmählich verließen sie nacheinander das Klassenzimmer.

Herr Anders schaute Falko ins Gesicht. Seine Stimme klang leise und hatte einen freundlichen Ton. „Möchtest du mit mir reden, mein Junge?"

Als hätte Falko auf diese Worte seines Lehrers gewartet, brach es aus ihm hervor: „Ich bin schuld daran. Ich hätte es verhindern können. Ich allein bin dafür verantwortlich!"

„Nein, das bist du nicht. Frank ist für seinen Tod selbst verantwortlich. Er war es, der die Entscheidung getroffen hatte, sich zu töten. Du darfst nicht daran denken, dass du in irgendeiner Weise für seinen Tod verantwortlich seist. Verstehst du mich, Falko? Verstehst du mich?"

Aber der Lehrer fragte nicht, warum sich Falko für Franks Tod verantwortlich fühlte.

*****

Als Falko nach Hause kam, beschimpfte ihn seine Mutter. „Hast du Nichtsnutz keine Schule? Oder warum kommst du schon jetzt nach Hause? Oder warst du gar nicht in der Schule, hast stattdessen einen anderen Jungen gefickt?"

Falko hatte genug. Er konnte die hasserfüllten Äußerungen seiner Mutter nicht mehr ertragen und er wollte sie auch nicht mehr stumm hinnehmen. Mit dem Mut des Verzweifelten antwortete er: „Warum fragst du mich immer, ob ich jemand gefickt hätte? Willst du etwa selbst nur gefickt werden, Mama? Aber solange du dich wie eine dreckige Schlampe ausdrückst, wird dich nie einer ficken!"

Das war zu viel des Guten. Diese Schnelligkeit hatte Falko seiner Mutter nicht zugetraut. Mit einem Satz war sie bei ihm und gab ihm eine schallende Ohrfeige.

„Du kannst nur meckern und schlagen und herzlos sein!", schrie der Junge seine Mutter an. Er lief auf die Straße hinaus und ließ seine vollkommen überraschte Mutter zurück.

*****

Eine Woche später sollte Frank beerdigt werden. Alle Schüler aus seiner Klasse, außer Jörg, der noch im Krankenhaus in Dresden lag, hatten sich in der Feierhalle des Friedhofes versammelt. Die meisten Lehrer, die Frank unterrichtet hatten, gaben ihm ebenso das letzte Geleit, einige fehlten, auch der Physiklehrer, der seit ein paar Tagen krankgeschrieben war.

Viele schlimme Dinge kamen ans Tageslicht, die kaum jemand fassen konnte. Alle Lehrer, aber auch die Schüler fragten sich, wie ein Kind solch eine Tortur ertragen konnte. Frank konnte es nicht.

Die Staatsanwaltschaft leitete eine Untersuchung zum Selbstmord des Schülers Frank ein. An der Leiche des Jungen wurden Verletzungen entdeckt, die durch die Misshandlungen verursacht wurden, die Frank über sich ergehen lassen musste. Auch sein Abschiedsbrief wurde gefunden. Die Kriminalpolizei ermittelte, Falko wurde vom Jugendamt befragt. Er konnte nur das erzählen, was auch Frank seinerzeit zu Protokoll gegeben hatte.

Franks Mutter war nicht vernehmungsfähig, als die Beamten in ihre Wohnung kamen, um sie zu befragen. Sie saß apathisch in einem Sessel und verstand nicht, was die Polizisten von ihr wollten, sodass sie einen Notarzt riefen, der sie in ein Krankenhaus einwies.

Ralf wurde von der Polizei rasch ausfindig gemacht. Er erzählte den Beamten von den vielen Repressalien, die er und Frank durch Wolf erlitten hatten.

Ralf und seine Mutter saßen in der ersten Reihe hinter Franks Sarg, der reich mit Blumen geschmückt war.

Wolf nahm nicht an der Beerdigung seines Stiefsohnes teil. Dessen Tod war auch ihm nahegegangen und so saß er zur Zeit der Trauerfeier in seiner Stammkneipe und suchte Trost im Alkohol. Alle anderen Gäste machten einen großen Bogen um ihn; mit einem, der Kinder durch seine Prügelorgien in den Tod trieb, wollte niemand etwas zu tun haben. So saß er allein an seinem Tisch, schüttete ein Bier nach dem anderen in sich hinein, bestellte sich Kognak dazu und konnte sich schließlich kaum noch auf seinem Stuhl halten. Doch der Wirt traute sich nicht, den hünenhaften Kerl an die frische Luft zu setzen. Er befürchtete, dass Wolf ihm Schwierigkeiten bereiten werde.

Wolf war ein einfacher Mensch ohne anständige Schulbildung, aber dass er von jedermann gemieden wurde, bemerkte er doch. Selbst in der Firma wollte keiner von seinen Kollegen mit ihm zusammenarbeiten, obwohl das vor wenigen Tagen noch ganz anders war. Besonders beliebt war Wolf noch nie in seinem Team, aber er konnte anpacken. Deshalb arbeiteten die Kollegen gerne mit ihm zusammen, weil er ein Mann für das Grobe war. Keine Arbeit war ihm zu schwer. Aber das war jetzt vorbei.

Für Wolf brach die Welt zusammen. Seine Frau ließ ihm über einen Anwalt die Scheidungsklage zukommen und lehnte jeden Kontakt mit ihm ab, was ihn veranlasste, wie ein Rohrspatz auf die „Seelenklempner" in der „Klappse" zu schimpfen, wohin sie nach seiner Meinung längst gehörte, und die Staatsanwaltschaft erstattete Anzeige gegen ihn. Der Fall war klar, da gab es nichts mehr zu vertuschen. Im Fall einer Verurteilung drohte ihm nach dem Strafgesetzbuch eine Freiheitsstrafe von sechs Monaten bis zu zehn Jahren.

*****

Ein Redner trat vor die Trauergemeinde. Er stellte fest, dass ein Kind zu Grabe getragen werden musste und keine Mutter der Welt es verdient hatte, ihr Kind beerdigen zu müssen. Außerdem meinte er, dass niemand vor seiner Zeit diese Welt verlassen sollte.

Er fragte sich und die Trauergemeinde, was einen vierzehnjährigen Jungen veranlasste, sich selbst zu töten. Jetzt begann er, einige traurige Fakten aus Franks Leben zu nennen, und forderte, dass diejenigen, die für den viel zu frühen Tod Franks verantwortlich waren, die Konsequenzen zu tragen hatten.

Falko und Jörg wurden dafür gelobt, dass sie Franks Freunde waren und stets zu ihm hielten und ihm zu jeder Zeit halfen, wenn er ihren Beistand benötigte.

Viele Tränen flossen, während der Trauerredner sprach, nicht nur bei Franks Angehörigen und Freunden.

Am frisch ausgehobenen Grab brach Falko zusammen, als er seinem Freund eine Handvoll Erde auf den Sarg werfen sollte. Das laute Prasseln des Sandes auf das Holz gab ihm das Gefühl, nicht nur von Frank Abschied zu nehmen, sondern ihn auch mit Sand zu bewerfen. Erst am Grab hatte der Junge begriffen, was wirklich geschehen war und nicht wieder rückgängig gemacht werden konnte. Er durfte seinen besten Freund nie mehr wiedersehen. Das brach ihm nicht nur sein Herz, sondern auch seinen Willen, Franks traurige Bestattung mit Anstand zu ertragen.

Er hatte nicht nur seinen Freund verloren, sondern auch seinen Leidensgenossen. Mit wem konnte er denn jetzt noch über seine Probleme reden? Falko wurde jetzt erst bewusst, wie einsam sich Frank gefühlt haben musste. Ob auch er ...? War er nicht genauso ungeliebt und unverstanden? Seine Mutter ließ keine Gelegenheit aus, ihm zu sagen, dass er endlich verschwinden sollte. Ihr wäre es doch am liebsten gewesen, wenn er an Franks Stelle in einem Grab gelegen hätte!

Und sein Vater? Er durfte seine Liebe nicht auch noch verlieren! Und das geschähe unausweichlich, wenn er ihm von seiner Homosexualität erzählen würde! Das glaubte der arme Falko. Der Vater und Jörg waren die einzigen Menschen auf der Welt, denen er noch vertraute! Aber Jörg konnte ihm nicht helfen. Und sein Vater auch nicht. Niemand konnte ihm helfen. Mit niemandem konnte er darüber reden, wie schrecklich ihm die Beschimpfungen und Beleidigungen seiner Mutter wehtaten. Mit keinem Menschen auf der ganzen Welt.

Zudem wohnte der Vater weit weg, in Berlin. Und Jörg lag immer noch im Krankenhaus in Dresden. Dabei hätte Falko gerade heute, am Tag der Beerdigung seines besten Freundes, so dringend Trost gebraucht! Aber da gab es keinen Menschen, der ihm Trost spenden konnte, niemanden, der ihn auffing.

Nur zu gut konnte Falko Franks letzten Schritt verstehen.

*****

Einen Tag nach Franks Beerdigung wurde Jörg in Dresden aus dem Krankenhaus entlassen. Seine Eltern holten ihn mit dem Auto ab und fuhren ihn direkt nach Hause. Während der Fahrt wollte er wissen, wie es Frank und Falko ging. Die Eltern hatten alle Mühe, ihren Sohn immer wieder auf ein anderes Thema zu bringen. Sie wollten erst zu Hause mit ihm über Franks Tod reden. Sie wollten in seiner Nähe sein und ihm Trost spenden können, wenn er die Nachricht über den plötzlichen Verlust des Freundes verarbeiten musste. Im Auto waren sie zwar in seiner Nähe, aber so ein Gespräch wollten sie nicht auf der Heimfahrt aus dem Krankenhaus mit ihm führen, schon gar nicht auf der Autobahn.

Endlich waren sie zu Hause. Mehrmals musste Jörg operiert werden und trug jetzt seinen rechten Arm und sein rechtes Bein in Gips. Gehen konnte er also nicht, er war auf die Hilfe seiner Eltern angewiesen. Der Vater hatte spontan

Urlaub genommen, um seinem Sohn in den nächsten Tagen bei allen Handgriffen, die er bei der Bewältigung des täglichen Lebens benötigte, helfen zu können. Der Junge musste schließlich ordentlich versorgt werden, damit er schnell wieder gesund werden konnte.

Nachdem der Vater Jörg auf die Couch im Wohnzimmer gesetzt hatte, brachte die Mutter Erfrischungsgetränke. Jetzt waren sie bereit, Jörg über Franks Tod zu informieren.

Herr Ansorge versuchte, seinem Sohn das so schonend wie möglich beizubringen. Trotzdem war Jörg fassungslos. Er weinte nicht, aber er blieb stumm. Den ganzen Abend brachte er kein einziges Wort mehr heraus.

Spät am Abend wollte er mit Falko telefonieren, doch dessen Handy war ausgeschaltet. Auch am nächsten Tag konnte er den Freund nicht erreichen.

*****

Herr Anders hatte ein ungutes Gefühl, wenn er an Falko dachte. Sein Zusammenbruch an Franks Grab hatte ihn überrascht. Instinktiv spürte er, dass das nicht nur mit Falkos Trauer über Franks Tod zusammenhing. Da musste noch etwas anderes dahinterstecken. Nur was?

Herr Anders kannte Falkos Vater schon seit seiner Jugendzeit und sie waren immer noch befreundet. Zwar hatten sie nur selten Zeit, füreinander, doch sie telefonierten regelmäßig. So auch heute. Herr Anders erzählte Herrn Maaß von den Geschehnissen der Klassenfahrt und auch von der Trauerfeier. Darauf beschloss Herr Maaß, Urlaub zu nehmen und am nächsten Tag nach Mecklenburg zu seinem Sohn zu fahren.

*****

Am nächsten Morgen fuhr Falkos Vater auf die Autobahn in Richtung Norden. Schon vor seinem Arbeitsbeginn hatte er mit seinem Chef gesprochen und ihm erklärt, warum er ein paar Tage Urlaub brauchte.

Der Mann hatte Verständnis für Herrn Maaß und Falko. „Selbstverständlich dürfen Sie eine Woche der Arbeit fernbleiben. Sollten Sie eine weitere Woche Urlaub benötigen, genügt ein Anruf in der Firma. Sagen Sie einfach Bescheid, dass sie den Urlaub brauchen, und dann ist das okay für mich. Ich habe selbst zwei Söhne und weiß, dass sich ein Vater manchmal intensiv um seine Kinder kümmern muss. Fahren Sie zu seinem Sohn und klären Sie Ihre Angelegenheiten, alles andere ist zweitrangig."

Falkos Vater war seinem Jugendfreund für seinen Anruf am Vorabend sehr dankbar. Seitdem schrillten laut bei ihm die Alarmglocken. Er glaubte, seinen Sohn zu kennen. Nach einigen Augenblicken intensiven Nachdenkens glaubte er, den wahrscheinlichen Grund für Falkos Verhalten während Franks Beerdigung gefunden zu haben. Herr Maaß hatte Frank gekannt, jedoch kaum etwas von seinen Problemen gewusst, die den Jungen veranlasst hatten, den Freitod zu wählen.

Mit dem Beginn der Pubertät veränderte sich Falkos Wesen. Aus einem fröhlichen lebensbejahenden Jungen wurde ein stiller, nachdenklicher und manchmal unglücklicher Jugendlicher. Herr Maaß dachte an den letzten Besuch seines Sprösslings. Wie dieser sich verhielt, wenn er auf einen bestimmten Typ Jungen traf! Herr Anders erzählte Falkos Vater, wie sein Sohn reagierte, als er vom Tode Franks erfuhr und wie er sich verhielt, während Frank beerdigt wurde. Herr Maaß glaubte, den Grund für Falkos Zusammenbruch zu kennen. Für ihn war es ganz einfach, er brauchte nur eins und eins zusammenzuzählen! Er hatte auch Augen im Kopf und bei Falkos letztem Besuch in Berlin genug gesehen.

*****

Falko hatte eine fast schlaflose Nacht hinter sich. Jedes Mal, bevor er einschlief und seine Sinne sich abschalten wollten, sah er plötzlich Frank vor sich und war sofort wieder hellwach.

Er begann, über Frank nachzudenken, und verstand immer mehr, warum sich der Freund getötet hatte. Er verglich seine eigene Situation mit der von Frank. Am Ende stellte er fest, dass auch seine Zukunftsaussichten genauso schlecht waren wie die seines toten Freundes.

*****

Herr Maaß war mit seinen Gedanken immer noch bei Falko. Die A19, auf der er jetzt fuhr, war frei. Also konnte er seinen Gedanken nachhängen, ohne sich allzu sehr auf den Verkehr konzentrieren zu müssen.

Sollte Falko sich für Jungen interessieren, blieb er trotzdem sein Sohn. Er war immer noch der liebe, ruhige und hilfsbereite Junge, der er schon in den vergangenen Jahren war! Der Stimmbruch machte ihn nicht automatisch zu einem Mann. Er war erst vierzehn Jahre alt und immer noch ein Kind. Hatte er sich deshalb zurückgezogen, weil er mit seinen Problemen, die sich mit der Pubertät eingestellt hatten, überfordert war? Oder steckte da noch mehr dahinter?

*****

Falko war allein und frühstückte, oder besser, vor ihm stand eine Tasse, die mit Milch gefüllt war und ein Teller mit einem belegten Brötchen. Beides war unberührt. Traurige Gedanken gingen dem armen Jungen durch den Kopf.

Wie sollte es bloß weitergehen? Er musste bei der verhassten Mutter bleiben, da der Vater für ihn keine Zeit hatte. Er musste immer wieder an die Beschimpfungen und Beleidigungen denken, die seine Mutter jeden Tag über ihn wie Wasser ausgoss. Er fragte sich, ob die Mutter recht damit hatte, dass er sein Recht auf Leben verwirkt hatte! Sollte auch er Selbstmord begehen? War es nicht besser, wenn er endlich sterben würde, bevor er die Liebe seines Vaters verlor?

*****

Endlich wollte Herr Maaß wissen, welche Probleme seinen Sohn bedrückten. Der Mann machte sich Vorwürfe, dass er nicht mit ihm über seine Vermutungen gesprochen hatte, als er ihn das letzte Mal in Berlin besuchte. Eigentlich wusste Herr Maaß, warum Falko sich in den letzten Wochen und Monaten so sehr verändert hatte. Jetzt würde er seinem Jungen keine Ausflüchte oder Ausreden mehr erlauben. Herr Maaß fühlte es nicht nur, er wusste es in diesem Augenblick, dass Falko dringend Hilfe benötigte.

„Ob er sich freuen wird, wenn ich so überraschend bei ihm auftauche?", fragte sich Falkos Vater. „Vielleicht fühlt er sich nur gestört …"

Immer noch zwanzig Kilometer …

*****

Falko suchte die Wäscheleine. Endlich fand er sie. Sie lag neben der Truhe im Bad, in der sich die Schmutzwäsche befand. Dort hatte sie noch nie gelegen. Warum lag sie ausgerechnet heute dort? Die Mutter wusste, dass er seine Schmutzwäsche täglich in diese Truhe hineinlegte. Ob sie die Wäscheleine …, aber das war dem Jungen jetzt egal. Für seine Bedürfnisse war sie wie geschaffen. Jetzt brauchte er nur noch die Trittleiter. Die fand er in der Abstellkammer, wo sie immer stand. Er hing sich die Wäscheleine über einen Arm und hob die Leiter mit beiden Händen hoch und verließ die Wohnung. Er wollte zum Schuppen gehen. Den erreichte er, indem er den Hof überquerte.

*****

Endlich war Herr Maaß angekommen. Er parkte sein Auto vor dem Haus, in dem seine Exfrau mit dem gemeinsamen Sohn lebte. Er ging zum Tor, das sich neben dem Haus befand. Der Weg zum Treppenhaus führte über den Hof wie der Weg zum Schuppen auch. Der Mann fragte sich, ob Falko zu Hause war oder ob er besser zur Schule gefahren wäre, um seinen Sohn zu treffen. Aber jetzt war er hier; bevor er weiter zur Schule fuhr, wollte er sehen, ob sein Junge vielleicht doch zu Hause war.

*****

Falko stellte die Leiter neben dem Schuppen ab. Sie war schwerer, als er geglaubt hatte. Danach öffnete er die Tür zum Schuppen.

In diesem Augenblick wurde das Tor geöffnet und sein Vater stand in der Einfahrt.

Plötzlich traten dem Jungen Tränen in die Augen. Das Seil warf er achtlos weg und lief zu seinem Vater hinüber. Beinahe riss er ihn um, als er ihn noch im Laufen umarmte. „Papa! Oh, Papa, wo kommst du denn so plötzlich her?" Dann begann er, hemmungslos zu schluchzen.

Herr Maaß nahm seinen Jungen in die Arme und drückte ihn fest an sich. Als Falko sich ein wenig beruhigt hatte, sagte er: „Ich glaube, mein lieber Junge, wir beide sollten uns jetzt ganz ausführlich unterhalten!"

Falkos Gesicht strahlte vor Freude und Euphorie. „Ich bin so froh, dass du da bist!"

„Ja, mein Junge, ich bin auch froh, dass ich bei dir sein kann! Was wolltest du mit der Leiter und der Wäscheleine im Schuppen?"

„Ach, so, ja, ich wollte die Leine oben ins Regal legen, weißt du?"

Der Vater wusste, dass Falko ihn anlog. Er war sich sicher, die Wahrheit zu kennen. Aber er bohrte nicht nach. Wichtig war jetzt, dass Falko ihm vertraute.

„Wo kommst du denn auf einmal her?", fragte der Junge erneut.

„Dein Klassenlehrer hat mich gestern am Abend angerufen ..."

„Und da hast du alles stehen und liegen lassen und bist zu mir gekommen?" Falkos konnte das nicht glauben.

„Was glaubst du denn?" Herr Maaß drückte Falko nochmals sanft an sich und streichelte ihm über die Haare.

„Papa, ich…"

„Bist du sprachlos?"

„Ja, Papa."

Beide lächelten sich an. Nach einer kleinen Pause wurde Falko ernst und sagte: „Ach, Papa, wenn du wüsstest, es ist ja alles so schrecklich!"

Jetzt standen dem Jungen wieder Tränen in den Augen. Der Vater legte seinem Sohn die Hände auf die Schultern und sagte: „Ich glaube, wir beide gehen jetzt in ‚Wolframs Eck' essen. Wir setzen uns an unseren Tisch. Weißt du welchen ich meine? Den, an dem wir früher immer saßen, wenn wir reden wollten. Hoffentlich ist er frei."

*****

Sie hatten Glück und konnten sich an den von ihnen gewünschten Tisch setzen. Vorerst schwiegen sie. Sie brauchten Zeit, um sich zu sammeln. Falko, weil er seinen Mut zusammennehmen musste, um mit seinem Vater über das zu sprechen, was ihn seit Monaten bewegte. Ob er ihn nach dem Gespräch immer noch gerne hatte? Aber Falko wusste, dass er um ein klärendes Gespräch mit seinem Vater nicht mehr herumkam.

Herr Maaß wusste schon über einige Dinge Bescheid. Herr Anders hatte sie ihm am Telefon erzählt. Doch was sollte er noch erfahren? Was war für Falko so schlimm, dass er nicht mit ihm darüber sprechen konnte, wovor bloß hatte der arme Junge so große Angst?

Der Wirt kam zu ihnen an den Tisch und nahm ihre Bestellung entgegen. Danach sah Herr Maaß Falko mit ernster Miene ins Gesicht und sagte mit warmer Stimme: „Falko, mein Junge, ich möchte, dass du mir alles erzählst, was dich bedrückt, aber wirklich alles. Ich bin für dich da. Egal, was du mir erzählst, du bist und bleibst mein Kind und ich werde dich immer lieben! Hast du das verstanden?"

„Ja, Papa." Falko fiel ein riesiger Stein vom Herzen, als er erfuhr, dass sein Vater ihn immer lieben werde, egal was er ihm erzählen würde. Also konnte er ihm auch von den Beschimpfungen seiner Mutter berichten und warum sie ihn ständig beleidigte.

Endlich konnte er sich alles von der Seele reden. Er sprach über Frank und dessen Tod. Auch darüber, dass er homosexuell war. Ebenso berichtete er über die Beschimpfungen und Beleidigungen der Mutter, die er täglich über sich ergehen lassen musste. Er verschwieg auch nicht, dass die Mutter ihn mehrmals aufgefordert hatte, sich zu töten.

Anfangs kam Falko immer wieder ins Stocken, er regte sich mehrmals auf und begann zu weinen, sodass sein Vater ihn beruhigen musste. Aber je länger er erzählte, desto mehr Sicherheit bekam er. Als er endlich begriffen hatte, dass er seinem Vater vertrauen konnte, dass der ihn nicht enttäuschen werde wie die Mutter, erzählte er immer fließender von seinen Erlebnissen und Gefühlen.

Herr Maaß hörte seinem Sohn aufmerksam zu und auch ihm kamen mitunter die Tränen, als er hörte, wie hasserfüllt und abgrundtief bösartig seine Exfrau mit Falko umging. Sein Entsetzen und sein Zorn kannten keine Grenzen. Einmal schlug er sogar wütend die Faust auf den Tisch, sodass Falko erschrak und der Wirt verwundert zu ihnen herübersah. Doch Herr Maaß hatte sich sofort wieder unter Kontrolle und entschuldigte sich.

Als Falko endlich nach über einer Stunde seinen Bericht beendete, herrschte zwischen Vater und Sohn für einige Augenblicke Schweigen.

Herr Maaß erfüllten verschiedene Gefühle auf einmal. Zorn und Wut auf seine Exfrau, Mitleid und Liebe für seinen Sohn, Entsetzen über die grausamen Ereignisse und Trauer um Frank, den er kannte, seit er mit Falko gemeinsam in die Schule ging. Frank war ein grundehrliches und liebes Kind gewesen. Herr Maaß verstand nicht, wie ein erwachsener Mann einem Kind solch lebensraubende Dinge antun konnte. Aber dann dachte er an Falko und stellte fest, dass die Mutter seines Sohnes nicht besser als Wolf war. Beide waren sie für ihn Raubtiere.

„Ach, du Armer, wie hast du nur gelitten. Das tut mir so unendlich leid, mein Junge." Der Mann stand von seinem Stuhl auf und ging zu Falko hinüber, um ihn in seine Arme zu nehmen. Der Junge stand ebenfalls auf und schmiegte sich an seinen Vater. Wie sehr hatte er sich nach etwas Freundlichkeit und Menschlichkeit gesehnt! Wie sehr hatte er die Liebe seiner Mutter vermisst! Wie sehr hatte er sich etwas Zärtlichkeit gewünscht! Und wie sehr hatte er sich nach seinem Vater gesehnt! Jetzt war er endlich bei ihm und er verstieß ihn nicht, sagte nicht, dass Falko eine schwule Sau sei. Wie lange wohl konnte der Vater bei ihm bleiben? Sicherlich musste er bald wieder nach Berlin zurückkehren.

Nach einer langen Umarmung und genauso langem Schweigen, denn sie verstanden sich in diesem Moment auch ohne Worte, gab der Mann seinen Sohn wieder frei und sie nahmen erneut an ihrem Tisch Platz.

Endlich konnte Herr Maaß wieder sprechen, er schüttelte seinen Kopf. „Wie hast du nur gelitten! Warum nur hattest du so große Angst davor, dass ich dich nicht mehr lieben könnte? Du bist doch mein Sohn! Nur weil du anders fühlst als andere Jungen, bist du doch nicht anders geworden, du bist doch trotzdem der gleiche liebe und nette Junge, der du sonst auch warst! Es ist mir egal, ob du schwul bist oder nicht. Du musst damit leben und glücklich werden. Du musst deine Sexualität annehmen und akzeptieren. Abartig bist du nicht! Im Gegenteil will ich, dass du glücklich bist. Ich will alles dafür tun, dass du glücklich sein kannst, mein Junge!"

Falko hörte seinem Vater zu. Reden konnte der Junge jetzt nicht, obwohl er sich unheimlich erleichtert fühlte. Nur zwei Worte sagte er: „Danke, Papa!"

Danach schwiegen sie sich einige Augenblicke an. Dann schaute Falko seinem Vater ins Gesicht. „Ja, Papa, ich bin dein Sohn. Aber Mutti ist meine Mutter, wie du mein Vater bist. Sie denkt über mich anders als du. Sage mir, war meine Angst nicht doch begründet, dass du vielleicht, wie sie denken könntest und ich deshalb Angst hatte, dich zu verlieren. Von niemanden mehr geliebt zu werden, konnte ich nicht ertragen."

Der Mann überlegte einige Sekunden und räusperte sich. „Doch, Falko, ich verstehe dich. Aber deine Mutter wird für ihr Verhalten dir gegenüber zur Verantwortung gezogen, das verspreche ich dir. Hast du mir jetzt alles erzählt? Oder möchtest du mir noch etwas sagen?"

„Nein, Papa, das ist alles. Aber wie soll meine Mutter zur Verantwortung gezogen werden?"

Sie sahen sich einige Sekunden über den Tisch hinweg ins Gesicht. Herr Maaß streichelte Falko einmal über die Wange. „Das lass mal meine Sorge sein, mein Junge!" Dann schwieg er für zwei Sekunden. „Möchtest du zu mir ziehen? Möchtest du zu mir nach Berlin kommen? Wir sollten beide zum Jugendamt gehen, damit ich das Sorgerecht für dich bekommen kann."

Ein Schrei erfüllte die Gaststätte. Diesen Schrei stieß Falko aus. Nichts hielt den Jungen auf seinen Stuhl. Ein freudiges und strahlendes Lächeln verschönte sein Gesicht. Er stürzte zu seinem Vater und rief: „Oh, ja, Papa, ich will bei dir wohnen. Ich will alles tun, was du von mir verlangst, wenn ich nur nicht länger bei ihr bleiben muss!"

*****

Falko fuhr schon am nächsten Tag mit seinem Vater nach Berlin. Seinen Freund Jörg hatte er am Abend telefonisch über die Entwicklung der Ereignisse informiert. Bis heute sind sie miteinander befreundet, treffen sich regelmäßig zu fast allen feierlichen Anlässen und besuchen sich regelmäßig an einigen Wochenenden im Jahr gegenseitig.

Zu seiner Mutter hat Falko bis heute keinen Kontakt, er hat sie aus seinem Leben verbannt. In Berlin schloss er mit dem Abitur die Schule ab und studierte erfolgreich Mathematik und Physik. Im Jahre 2016 beendete er das Studium mit seinem Masterabschluss. Seitdem geht er seinen Weg

als Wissenschaftler. Er verliebte sich in einen Bankange-
stellten und bezog mit ihm gemeinsam eine Wohnung, in
der sie glücklich miteinander leben. Seinen Vater trifft er
regelmäßig jede Woche einmal. Falko ist in seinem Bekann-
ten- und Freundeskreis geachtet und beliebt.

Ende

Nachwort

„Die Drei Freunde" ist kein Buch, an dem ich mit Spaß und Freude geschrieben habe. Aber ich musste dieses Buch schreiben, da ich auf dieses Thema, das an Aktualität nichts eingebüßt hat, aufmerksam machen möchte. In unserer Gesellschaft werden heute noch Kinder misshandelt. Das kommt in allen Schichten vor, vor allem in gutbürgerlichen Familien werden Kindesmisshandlungen oft erfolgreich vertuscht. Wer traut schon einem erfolgreichen Arzt oder einem Universitätsprofessor solch entsetzliche Taten zu! Solche Menschen wissen genau, was sie tun müssen, damit ihre Kinder niemandem von ihren Misshandlungen erzählen. Leider ist das Thema Kindesmisshandlung in unserer Gesellschaft allgegenwärtig. Jährlich werden in Deutschland nach offiziellen Angaben des Kinderschutzbundes über 200000 Kinder misshandelt. Die Dunkelziffer dürfte drei bis vier mal so hoch sein.

Bei meinen Recherchen zu diesem Roman bin ich auf so viele Missstände gestoßen, dass ich im Besitz von genug Material bin, um ein weiteres Buch darüber schreiben zu können. Aber ich habe mich dagegen entschieden, denn als ich das vorliegende Buch schrieb, stieß ich immer wieder an die Grenzen meiner psychischen Belastbarkeit. Ich wollte dem Leser das Denken und Fühlen der Opfer nahebringen, auch die Beweggründe der Täter für ihr kriminelles Handeln aufzeigen. Ob mir das gelungen ist, kann jeder Leser selbst beurteilen. Dass ich bei meinen Beschreibungen dieser entsetzlichen Taten mehrmals abbrechen musste, weil ich nicht ertragen konnte, was ich beschrieb, ist sicherlich verständlich. Jedem misshandelten Kind ist mein Mitleid sicher. Selbstverständlich bekommen diese Kinder meine volle Unterstützung, wenn ich ihnen helfen kann. Ich glaube, dass das vorliegende Werk eine Anklage gegen die Täter ist und alle meine Sympathien den Kindern gehört.

Ich danke meinen Testlesern Erhard Richter, Klaus Spieß und Sebastian Heitmann für ihre unschätzbaren Hinweise und Kritiken, die mich in die Lage versetzten, dieses Buch zu einem guten Abschluss zu bringen.

Lutterbek, Dezember 2022   Michael Rusch